내 삶에
비겁하지
않기

내 삶에 비겁하지 않기

글·사진 | 박동식

발 행 일 | 2009년 8월 31일 초판 1쇄 발행
        | 2009년 9월 18일 초판 2쇄 발행

펴 낸 이 | 양근모

편   집 | 김설경   디자인 | 김옥형   마케팅 | 박진성·송하빈

발 행 처 | 도서출판 청년정신

등   록 | 1997년 12월 26일 제10-1531호

주   소 | 경기도 파주시 교하읍 문발리 535-7 세종출판벤처타운 408호

전   화 | 031) 955-4923   팩스 | 031) 955-4928

이 메 일 | pricker@empal.com

글·사진 **박동식**

내 삶에 비겁하지 않기

히말라야에서 철인까지

프롤로그

이미 해는 지고 도로의 가로등은 불을 밝힌 지 오래다. 한낮의 뜨거운 열기는 어둠이 짙어가도 좀처럼 수그러들지 않았고, 길게 뻗은 도로는 이따금 한두 대의 자동차들이 지나갈 뿐 매우 한산했다. 어둠에 잠식당한 것처럼 세상은 고요하고 평화로웠다. 시간이 지날수록 달리는 선수들도 점점 줄어서 주로走路는 한산하다 못해 쓸쓸하기까지 했다.

나는 사이클을 타고 결승점을 떠나 천천히 주로를 거슬러 올라갔다. 마주 오는 선수들에게 파이팅을 외쳐주며 8킬로미터 지점쯤에 이르렀을 때 긴 구간의 언덕 하나를 만났다. 언덕을 올라갈 자신이 없었던 나는 사이클을 세우고 보도블록에 걸터앉았다. 주로에는 여전히 결승점을 향해 달려가는 사람들이 있다. 그들은 언덕 너머에서 나타나 반대편 어둠속으로 사라졌다. 사실 지친 그들에게는 남은 8킬로미터가 결코 짧지 않은 거리다.

인간 체력 한계에 도전하는 경기가 있다. 수영 3.8킬로미터, 사이클 180.2 킬로미터, 마라톤 42.195킬로미터를 17시간 안에 완주해야 하는 경기다. 이 경기를 완주한 사람에게는 철인Iron man이라는 칭호가 주어진다. 그것뿐이다, 철인!

2004년 8월, 깊은 어둠이 내린 제주 서귀포에 오로지 철인이라는 칭호 하나만을 위해서 주로를 달리고 있는 사람들이 있었다. 200킬로미터가 넘는 거리를 달려왔지만 아직도 결승점은 보이지 않는다. 경기복은 땀으로 얼룩지고 체력은 고갈되었다. 한 걸음 한 걸음이 힘겹지만 결코 포기하지 않는 사람들. 참으로 혹독하고 외로운 레이스다.

그해 여름은 나 역시도 철인에 도전했던 해였다. 이전에 몇 차례 중단거리 대회를 완주한 경험이 있었다고는 해도 처음 도전하는 최장거리 코스는 두려움 자체였다. 하지만 나는 첫 도전이었던 그 대회를 무사히 완주할 수 있었다. 초보선수 치고는 기록도 비교적 양호(?)했다. 결승점을 통과하고 몸을 추스른 뒤 사이클을 타고 다시 주로로 나섰던 이유는 제한시간이 얼마 남지 않았음에도 아직 주로에 남은 동료들을 응원하기 위해서였다.

눈앞에 나타난 언덕은 일상적으로 보았을 때 특별한 경사는 아니다. 그러나 그날의 코스를 완주한 나에게는 버거운 일이었다. 어쩔 수 없이 그곳에 사이클을 세우고 보도블록에 걸터앉을 수밖에 없었다. 주로가 한산하다는 것은 이미 대부분의 선수들이 골인을 했다는 증거다. 하지만 아직도 힘겨운 레이스는 끝나지 않았고, 나는 그 누구보다 그들의 고통을 잘 알고 있었다. 나 역시도 달려온 길이기 때문이다.

언덕을 넘어온 선수들이 내 앞을 지날 때마다 진심어린 응원을 보냈다.

얼마쯤의 시간이 흘렀을까, 내 앞을 지나던 두 명의 남자 선수가 있었다. 저만치 멀어지던 그들 중 한 명이 힘없이 길바닥에 쓰러졌다. 다리에 쥐가 났던 모양이다. 동반주를 하던 다른 한 명이 재빠르게 스트레칭으로 그의 다리를 풀어주었지만 고통은 쉽게 가시지 않는 듯 보였다. 쓰러진 선수의 다리를 붙잡고 한참을 실랑이한 후에야 그들의 얼굴에 평온한 미소가 돌아왔다. 그들은 아예 별이라도 구경하다 가겠다는 듯 둘이 함께 도로 바닥에 누워버렸다.

조금이라도 도움이 되고 싶은 마음에 길바닥에 누운 그들에게 다가가 마사지를 해주었다. 알고보니 그들 둘은 단짝 친구로 경기를 나갈 때마다 동반주를 했단다. 스트레칭을 해주었던 선수의 말에 의하면, 쥐가 난 동료가 늘 자신보다 잘 달렸고 대회 때마다 자신을 이끌어주느라 고생했는데 오늘은 그를 위해 자신이 동반주를 하고 있다고 했다.

그리 오래지 않아 그들은 자리에서 일어나 다시 달려가기 시작했다. 어두운 도로의 가로등 때문에 그들의 뒷모습은 보였다 사라지고 다시 보였다 사라지고는 했다. 끝내 포기하지 않고 결승점을 향해 달려가는 그들의 뒷모습은 눈물나도록 아름다웠다. 나는 점점 멀어지는 그들을 지켜보면서 이 운동을 시작하기를 잘했다고 생각했다.

사람들은 내가 이 운동을 하는 이유에 대해서, 모든 고통을 이겨내고 골인 지점을 통과할 때 느끼는 기쁨과 성취감 때문일 것이라고 생각한다. 물론 틀린 말은 아니다. 그토록 힘든 길을 달려와 결승점을 통과하는 순간이 어찌 기쁘지 않을 수 있겠는가. 그러나 그것만을 위해 달렸다면 나는 진즉에 이 운동을 그만두었을 것이다.

가슴에 손을 얹고 생각해보지만 내가 이 운동을 하는 이유는 나보다 늦게 들어오는 사람들 때문이다. 그들을 보기 위해서…. 골인을 한 후, 뒤늦게 결승점을 통과하는 다른 선수들을 지켜보는 것은 언제나 가슴 벅찬 일이다. 그 힘든 여정을 포기하지 않고 달려온 그들을 보고 있노라면 내가 이미 달려온 길임에도 불구하고 나는 늘 감동을 받는다.

언제까지 이 운동을 즐길지는 나도 알 수 없는 일이다. 그러나 어두운 밤, 지친 몸으로 외롭게 주로를 달리면서도 끝까지 포기하지 않았던 그들과 함께 했다는 것은 나에게 영광스런 추억이다. 이 운동을 시작하기 전까지 나는 도전은 거칠고 냉혹한 것으로만 여겼다. 그러나 그들은 나에게 도전이 얼마나 아름답고 서사적인 것인지 알려주었다.

도전은 '자기 자신과의 싸움'이 아니라 '스스로와의 동행'이다. 때문에 도전은 치열할 수 없다. 다독다독 어깨를 두드리며 또 다른 자신과 새로운 길을 가는 것, 그것이 도전이다. 때문에 모든 도전에는 실패가 없다. 아직 그곳에 다다르지 않았을 뿐이다. 도전은 나를 사랑하는 최선의 방법이다. 그래서 나는 발목을 휘감는 어둠속에서도 가던 길을 멈추지 않는다. 걸음을 멈추지 않는 이상, 언젠가 그곳에 도달할 것이기 때문이다.

날마다 새로운 달이 뜨는 동네, 신월동에서

박동식

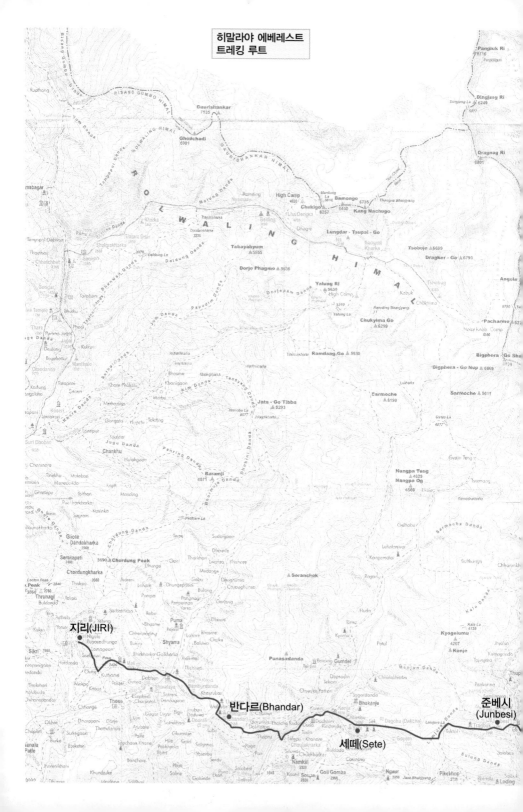

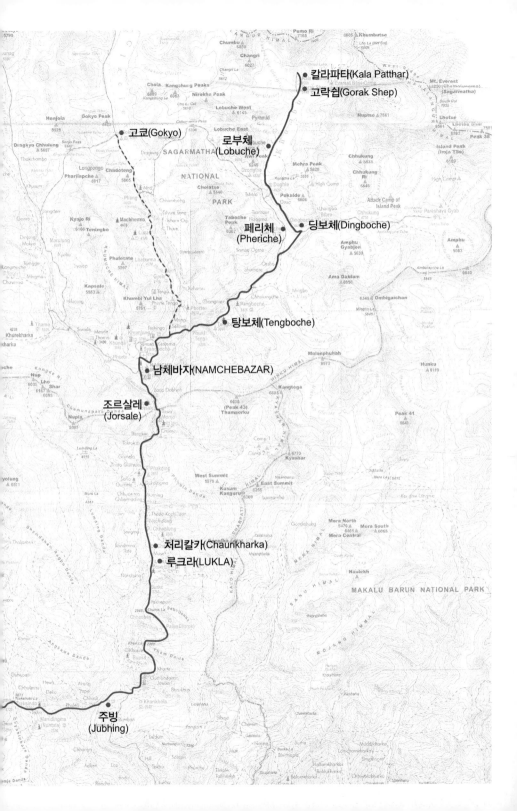

01

가자,
세상에서
가장 높은
곳으로!

밤새도록 눈물을 쏟았다. 감당하기 힘든 고통을 견디며 서러운 눈물만 흘렀다. 다른 여행자들이 깰까봐 소리내어 울 수도 없었다. 서글픈 마음에 주체할 수 없이 눈물이 흘러 베개 위에 수건을 깔아야 했다.

태어나서 이토록 심한 두통을 겪었던 적이 또 있었을까. 고산병…, 견디기 어려운 두통은 마치 지옥에라도 떨어진 느낌이었다. 결국 이렇게 그대로 죽을 수도 있겠다는 생각이 들었다. 물론 나는 죽지 않았다. 하지만 살면서 죽음을 마주한 듯한 위기감을 몇 번이나 느끼게 될까. 그 밤은 죽음을 떠올렸던 기나긴 고통의 시간이었다.

두통뿐만이 아니었다. 배는 가스가 차서 풍선처럼 팽팽하게 부풀어올랐고, 며칠 동안 트림과 메스꺼움, 구토 증세에 시달리면서 탈진 상태까지 이르렀다. 그것으로도 모자라 오한까지 겹쳐 정신이 혼미해지곤 했다.

견딜 수 없는 두통 속에서도 깜박깜박 정신을 잃어버리는 자신을 보면서 두려움이 밀려왔다. 그게 순간적으로 밀려오는 졸음이 아니라는 걸 나는 직감하고 있었다. 그것은 마치 이 생의 마지막 끈을 놓쳐버리는 위험한 순간과도 같았다.

건너편 침상에서 잠들어 있는 Y를 깨워 내 옆에서 자달라고 부탁하고 싶었다. 그리고 30분에 한 번씩만이라도 나를 흔들어달라고, 혹시 혼수상태에 빠진 건 아닌지 확인해달라고 부탁하고 싶었다. 지금 이 순간에는 편안히 잠드는 것보다 고통에 몸부림치면서라도 깨어 있는 것이 더 안전하다는 생각이 들었다. 하지만 고통은 온전히 나만의 것일 뿐 Y는 아무것도 모른 채 잠들어 있었다.

결국 수건을 들고 밖으로 나갔다. 세상과 완전히 격절된 히말라야 산중은 별빛과 달빛만으로도 환하게 빛나고 있었다. 꽁꽁 얼어버린 개울가로 가서 짐승처럼 꺼억꺼억 울어버렸다. 숙소는 저만치 떨어져 있으니 깊고 황량한 산중에서 나의 울음소리를 들을 사람은 없었다. 울음은 결국 서러운 짐승의 울부짖음이 되고 말았다. 신기하게도 그렇게 울고 나니 두통이 조금은 가시는 느낌이었다.

날이 밝고 마지막 산행이 시작되었다. 걸음을 뗄 때마다 뇌가 1센티미터씩 썰려나가는 듯한 통증은 여전했다. 한계를 넘어선 두통. 열흘이 넘는 산행이었고 마지막 목적지를 불과 몇 시간 남겨놓은 상태였다.

포기하고 산을 내려갈 것인가, 아니면 위험을 무릅쓰고서라도 최종 목적지를 향해 남은 길을 갈 것인가.

구름 한 점 없는 하늘은 잔인할 정도로 파란 코발트블루였다. 바람조차 없는 황량한 언덕 너머에 내가 그토록 보고 싶어했던 에베레스트가 숨어 있을 것이다. 더 이상 위험을 자초하지 말고 산을 내려가야 한다는 이성적 판단과 이제 와서 포기하기에는 그동안의 노력이 너무 아깝지 않느냐는 감성적 욕구, 위험한 미련과 아쉬운 이성 사이에서 나는 갈등했다. 두통은 이미 오래전부터 시작되었으니 판단이 늦어질수록 나는 더욱 위험에 빠질 것이다.

이제 어쩔 것인가. 모든 것을 포기하고 산을 내려갈 텐가, 아니면 위험을 감수하고 계속 도전할 것인가. 나의 결정을 기다리기라도 하듯 언덕 위에서 한줄기 바람이 불어왔다.

나는 산을 좋아하지 않는다. 그것이 에베레스트를 선택한 이유다. 좋아하지도 않는 산이니 다시는 오를 일 없이 산행은 한 번으로 끝날 것이다. 어차피 한 번만 오를 것이라면 이왕에 세상에서 가장 높은 곳으로 가자, 그렇게 생각했다.

이 여행은 그렇게 시작되었다.

산행은 '지리Jiri'라고 불리는 작은 마을에서 시작되었다. 버스가 갈 수 있는 가장 깊은 마을이다. 우리는 지리로 가기 위해 카트만두ㅣ네팔의 수도에서 새벽 5시 40분에 일어나 택시를 타고 터미널로 향했는데 9시 30분 이전에 출발하는 버스는 모두 매진이었다. 미리 예매를 하지 않은 게 불찰이었다. 3시간 넘게 터미널에서 시간을 보낼 수는 없었다. 표를 끊은 뒤 근처 공원으로 갔다. 엉덩이를 붙일 만한 곳도 없는 터미널에서 기다리는 것보다는 그게 나을 듯 싶었다.

날씨가 흐린 게 비가 올지도 모르겠다. 비가 오지 않기만 기도했다. 만약 비가 온다면 방수용 배낭 덮개를 빠뜨리고 온 것을 후회하게 될 것이다.

뿌연 안개로 덮인 공원에는 이른 아침부터 공을 차는 아이들과 크리켓 볼을 즐기는 남자들이 보였다. 조깅을 하는 사람도 더러 있었다.

일행은 나를 포함해 셋이었다. 동갑내기 친구인 Y와 우리보다 두세 살 위인 미진 씨. Y와 내가 에베레스트 트레킹 준비에 한창일 때 포카라ㅣ네팔 제2의 도시 여행을 마치고 돌아온 미진 씨를 숙소에서 처음 만났다. 우리의 트레킹에 관심을 보인 그녀가 함께 하게 되었다.

우리 중에 히말라야 트레킹 경험이 있는 사람은 Y뿐이었다. 나와 미진 씨는 히말라야는커녕 고도 4,000미터를 넘나드는 트레킹 경험이 전혀 없었다. 설렘과 함께 걱정이 뒤따랐던 건 당연했다. 우리가 가지고 있는 건 비장한 각오뿐이었다.

엄밀히 말해서 우리를 하나의 팀이라고 할 수는 없었다. 우리는 오랫동안 혼자서 하는 여행에 익숙해진 사람들이었다. 트레킹 역시 역할이나 물품들을 분담해서 책임진다기보다는 각자의 짐을 각자 책임지는 방법을 택했다. 함께 산을 오르는 일행 이상은 아니었던 것이다. 때문에 비상식량이나 의약품까지도 스스로 준비하는 것이 원칙이었고 준비가 부실할 경우 다른 사람에게 피해를 줄 수도 있기 때문에 각별히 더 신경을 써야 했다.

공원 옆의 인도에는 눈금 저울을 놓고 사람들의 몸무게를 재주는 노점상 아닌 노점상이 있었다. 가격은 2루피. 물론 짜이│네팔 식 밀크티 한 잔도 마실 수 없는 값이기는 했지만 몸무게 한 번 재는 가격으로는 제법 비싸다는 생각이 들었다. 투자금이라곤 달랑 저울 하나가 아닌가. 시간이 지나면 저울이 낡아지기는 하겠지만 한 번 투자하면 자본이 더 이상 들어가지 않는 괜찮은 장사다.

몸무게를 재는 대신 저울에 배낭을 올려놓았다. 에베레스트 베이스캠프까지 짊어지고 가야 할 배낭 무게가 궁금했기 때문이다. 무게는 정확하게 12킬로그램이었다. 배낭의 반을 차지하는 카메라와 렌즈, 필름을 제외하고는 최대한 짐을 줄였음에도 생각보다 무거웠다. 배낭 무게를 줄이려면, 큰 무게가 나가는 건 아니지만 크래커, 사탕, 초콜릿 등 비상식량으로 준비한 것들부터 먼저 해치워야겠다는 생각이 들었다.

8시 25분이 되어도 여전히 해는 보이지 않는다. 오늘 같은 날씨라면 짙은 안개 너머 어딘가에 떠 있을 해를 보는 게 쉽지 않을 것 같다. 우리는 다시 터미널을 향해 걸었다. 터미널은 새벽보다 늘어난 사람들로 붐볐고 과일과 군것질거리를 파는 잡상인들로 활기가 돌았다.

9시 30분에 출발한 버스는 생리적 문제 해결을 위해 한적한 시골길에서 한 번 멈춰 섰고, 점심을 먹기 위해 이름을 알 수 없는 마을에서 또 한 번 휴식을 취했다.

점심으로 먹은 국수에 문제가 있었는지 차에 타고 불과 10분도 지나지 않아서 오른쪽 발목 주변에 두드러기가 생기기 시작했다. 다행히 지리에 도착할 때쯤에 증세가 완화되기는 했지만 청결하지 않은 음식을 조심해야겠다는 생각이 들었다. 여행을 하면서 설사 때문에 고생을 했던 일이야 종종 있었던 일이지만 두드러기는 처음이었다. 더욱이 도시와 달리 트레킹 중에는 사소한 문제가 모든 일정을 망칠 수도 있기 때문에 조심해야 할 문제다.

버스는 쉬지 않고 달렸다. 낡고 비좁은 버스를 타고 좋지 않은 길을 달려가는 여행은 피곤했다. 한 가지 위안이라면 카트만두에서 출발할 때와는 달리 날이 개면서 종종 하얀 설산들을 감상할 수 있다는 점이다.

거대한 설산의 줄기는 트레킹을 앞둔 여행자의 가슴을 뛰게 하기에 충분했다. 저 산들을 넘어서 에베레스트 무릎 아래까지 가야 한다는 생각을 하면 걱정이 앞서면서도 가슴이 벅차올랐다. 곧 맞닥뜨리게 될 장엄한 산줄기를 상상하는 것만으로도 가슴이 풀무질을 해댔다.

또 한 가지 놀라운 광경은 불타버린 차량 한 대였다. 어느 시골 산길을 넘고 있을 때 버스가 서행을 하더니 승객들이 일제히 한쪽 창문으로 모여들며 웅성거리기 시작했다. 무슨 사고라도 생겼나 싶어서 창밖을 살펴보니 불에 타버려 뼈대만 앙상하게 남은 자동차 한 대가 그대로 방치되어 있었다.

사실 특별할 것도 없는, 그저 어떤 사고가 발생한 것이라고 여길 수도 있었으나 사람들이 일제히 웅성거린 데는 이유가 있었다. '마오이스트'라고 불리는 반정부군의 테러 현장이었던 것이다. 나 역시 카트만두에 있을 때 현지 신문 1면에 실린 사진을 봤는데, 피를 흘리는 여인의 사진과 함께 실렸던 바로 그 자동차라는 걸 알 수 있었다. 그것은 불과 며칠 전에 일어났던 일로, 트레킹을 떠나기 전 몇몇 사람들은 산악지대에 반군들이 출몰하며 테러를 자행하고 있다면서 우리를 만류하거나 걱정을 늘어놓기도 했었다.

도착한 건 오후 6시 무렵, 지리에 들어가기 3킬로미터 전방의 검문소에서 모든 승객이 차에서 내렸다. 외국인은 간단한 신상명세를 기록하는 것으로 끝났지만 내국인은 길게 줄을 서서 훨씬 더 복잡한 통과 과정을 거쳤다. 경찰로 보이는 검문소의 직원들도 내국인들에게는 매우 고압적인 자세로 대했다.

그 와중에도 지리 마을에서 온 몇몇 호객꾼들이 버스에 탑승해서 외국인들에게 숙소를 선전하며 다녔는데, 우리는 1인당 5루피의 저렴한 가격을 요구한 호객꾼을 따라 숙소를 잡았다. 하지만 저녁을 먹기 위해 1층으로 내려가 메뉴판을 펼친 순간, 음식 값에 저렴한 만큼의 숙박비가 포함되어 있다는 걸 깨달았다. 음식 가격이 카트만두에 비해 아주 비쌌기 때문이다. 여행자들이 대부분 숙소 가격만 확인할 뿐 음식 가격을 확인하지는 않는다는 점을 이용한 상술이었다. 배도 고팠고 시골 버스에 시달린 탓에 몸도 피곤했다. 더욱이 작은 산중 마을은 이미 어둠에 잠겼으니 나가봐야 별달리 먹을 만한 곳을 찾을 수 있을 것 같지도 않았다.

저녁을 먹고 따뜻한 물로 샤워를 했다. 내일부터 새로운 마음으로 트레킹을 시작하려면 샤워를 하고 개운한 기분으로 잠자리에 들어야 했다. 샤워실은 숙소 외부에 허름한 판자로 지어져 있었는데 머리에 비누칠을 한 상태에서 갑자기 따뜻한 물이 끊겼다. 찬물로 대충 머리만 헹구고 주인을 불렀다. 알고보니 온수는 배관을 통해서 나오는 게 아니라 주방에서 물을 데워 샤워실 지붕에 설치된 통에 옮겨 붓는 거였다. 결국 추위에 벌벌 떨면서 주방에서 물이 데워지기를 기다려야 했다.

어쨌든 샤워를 마치고 나니 몸이 가벼워지는 느낌이었다. 잠자리도 한결 편하게 들 수 있었다. 그날 저녁, 우리는 다음 날부터 시작될 트레킹을 꿈꾸며 약간의 설렘과 흥분을 간직한 채 잠자리에 들었다. 우리 앞에 얼마나 큰 시련이 기다리고 있는지는 상상도 못한 채 말이다.

고행으로
열리는 길

　다음날 아침, 숙박비를 계산하면서 황당한 일을 당했다. 계산서에 'Hot Shower'라는 명목으로 1인당 무려 100루피가 적혀 있었기 때문이다. 물론 물을 데우려면 연료가 필요한 것은 당연한 일이지만 사전에 아무런 고지도 없었다. 연료가 부족한 산중에서 따뜻한 물을 사용하기 위해서는 별도의 요금을 지불하는 것이 관행이라고 해도 100루피라는 금액은 사전에 확인하지 않은 걸 이용한 바가지 요금이었다. 불쾌했지만 방법이 없었다.

　지리는 버스로 갈 수 있는 가장 마지막 마을이고, 에베레스트로 떠나는 사람들이 오로지 하룻밤만 머무는 곳이다. 그러니 이들에게 손님에 대한 서비스를 기대하는 것은 불가능한 일이다. 친절은 고사하고 질은 높이고 가격을 낮춘 서비스를 제공한다고 해도 대부분의 손님은 밤늦게 도착해서 이른 아침 떠나고 마는 뜨내기 손님일 테니까. 바가지 요금에 대해서 불쾌감을 간직하고 있는 것보다는 차라리 툭툭 털어버리는 것이 정신 건강에 도움이 될 것 같았다.

7시 30분, 드디어 길을 나섰다. 아침이 되어서야 지리의 풍광을 살펴볼 수 있었다. 지리는 산중턱에 있는 아담한 마을이다. 마을 뒤에는 강원도 산골처럼 그리 높아 보이지 않는 산이 병풍처럼 둘러서 있고 아래로는 계단식 밭들이 펼쳐져 있다.

2~3분도 걷지 않아서 마을길은 끝이 났다. 밭과 산을 경계 지으며 구불구불 이어진 산길로 들어섰다. 저만치 아래 계단밭보다 더 멀리서는 뽀얀 안개가 피어올랐고 이른 아침부터 부지런한 농부 몇이 밭에서 일을 하고 있다. 상큼한 아침 공기 덕분에 기분이 무척 가뿐했다. 목가적인 풍경은 우리

들의 발걸음을 한결 가볍게 해준다.

그러나 10여 분을 걸으면서 우리는 조금씩 이상한 기분이 들기 시작했다. 마을을 벗어난 지 한참이 지났지만 셋이서 나란히 걸어도 충분할 정도로 길은 넓었고, 무엇보다 내리막이 계속 이어졌다. 처음에는 이러다 다시 오르막이 나오겠지 싶었다. 아직도 마을을 완전히 벗어나지 않은 것이겠거니 했지만 불안한 마음이 점점 커졌다. 밭과 산 이외에는 주변에 보이는 게 아무것도 없으니 기준을 삼을 것도 없었고 누군가에게 물을 수도 없다. 이 길이 잘못된 길이라면 서둘러 바로잡아야 했지만 그렇다고 마을로 돌아가서 확인하기에는 걸어온 길이 제법 멀었다. 불안감은 컸지만 일단 더 걷기로 했다. 한편으로는 마을을 벗어나면서 한 번도 갈림길을 발견하지 못했기 때문에 잘못된 길이 아닐 것이라고 판단했다. 다행히 몇 분 뒤 멀찍이 밭에서 일하는 농부를 발견했다. 그에게 가는 것조차도 먼 길이었지만 길을 확인하기 위해서는 그것이 최선이었다.

불행하게도 우리의 불안감은 현실이 되었다.

우리는 애초에 마을에서부터 길을 잘못 들어섰다. 그러니 중간에 갈림길을 발견하지 못하고도 이곳까지 왔던 것이다.

길을 바로잡기 위해서는 마을까지 되돌아가야 했다. 아니면 농부가 가리킨 방향을 따라 길도 없는 산을 직각으로 거슬러 올라가야 했다. 잠시 생각을 나누다가 산을 직각으로 거슬러 올라가는 것으로 의견을 맞췄다.

길을 바로잡을 때까지 우리가 겪어야 했던 생고생을 어찌 글로 표현할 수 있을까. 우리는 걷던 발길을 90도로 꺾어 무작정 숲으로 들어섰는데, 나무들 사이로 무릎 높이의 잡풀들이 빼곡하게 자라나 있었다. 길이 없는 건 당연하고 서리도 아니고 이슬도 아닌(어쩌면 날이 밝으면서 서리가 이슬로 변한 것인지도 모르겠다) 축축한 물기 때문에 발밑이 너무 미끄러웠다. 마땅히 붙잡을 것도 없어서 잡초를 잡았다가 뿌리가 약한 풀이 뽑히면서 몇 미터씩 밑으로 미끄러지곤 했다.

더욱이 문제는 급한 경사도였다. 물기 때문에 그렇지 않아도 자꾸만 미끄러지곤 했는데, 이놈의 급경사 탓에 배낭이 아래로 잡아당기는 꼴이어서 체력 소모가 말도 할 수 없을 지경이었다. 마음 같아서는 배낭을 집어던지고 싶었지만 그럴 수도 없는 일이었다.

　길조차 낼 수 없는 급경사에 1,900미터가 넘는 고도에서의 사투는 사람의 진을 모조리 뽑아냈다. 몇 걸음 올라가지도 못해서 가쁜 숨을 몰아쉬고, 다시 또 얼마쯤의 언덕을 오르고는 굽혔던 허리를 펴기를 반복했다. 하지만 오르고 올라도 길은 나타나지 않았다. 혹시 이 방향마저도 잘못된 길이 아닌지 의심이 들기 시작했지만 최대한 같은 방향으로만 오르려고 애썼다.

　너무 힘이 들어 중간에 작은 바위에 걸터앉아 헉헉 숨을 몰아쉬면서 우리는 아무 말도 하지 못했다. 그리고 마음 한편으로는 이미 엄청난 절망감이 밀려들고 있었다. 아무도 입을 열지는 않았지만 서로의 얼굴에서 좌절의 그림자를 느끼고 있었다. 말을 꺼내는 게 위험한 금기라도 되는 듯, 침묵을 지키면서도 우린 이미 자신감을 상실한 상태였다. 나름대로 각오는 하고 있었지만 시작부터 이 정도로 체력을 소모할 것이라고는 예상하지 못했던 것이다.

어느 여인의
투혼
03

당장이라도 숨이 넘어갈 것처럼 헐떡거리던 그 순간, 나는 한 여인을 생각했다. 내가 그녀를 처음 본 건 25년이 족히 넘을 만큼 옛날이다.

그녀는 매우 지쳐 있었고 곧 쓰러져서 영원히 일어나지 못할 것처럼 비틀거리고 있었다. 목이 터지도록 응원하는 사람들의 외침도 소용없었다.

당시에는 방송사마다 9시 뉴스 말미에 이색 해외 뉴스를 전해주는 '해외토픽'이라는 코너가 있었는데, 내가 그녀를 본 것은 바로 그 TV 속이었다. 늦은 밤 골인 지점을 향해 달리던 그녀는 안간힘을 쓰고 있었지만 이미 풀린 다리는 자꾸만 꼬였고, 결국 아스팔트 위에 쓰러지고 말았다. 그녀는 포기하지 않고 다시 일어섰지만 다리는 이미 뒤틀려버렸다. 바닥에 두 손을 짚고 일어설 때는, 마치 이제 막 세상에 나온 동물이 쩔뚝거리며 접힌 다리를 펴는 순간처럼 위태로웠다. 결국 그녀는 송아지가 첫걸음을 실패할 때처럼 다시 아스팔트 위로 널브러지고 말았다.

　응원하기 위해 코스 주변을 가득 메운 사람들이 고래고래 소리를 질렀다. 조금만 더 힘을 내라고, 포기하지 말고 조금만 더 힘을 내라고 외치고 또 외쳤다. 그들의 응원은 차라리 절규였다. 쓰러진 사람보다 더 절박해보였다. 그러나 그녀는 뛰기는커녕 몇 걸음 걷지도 못하고 쓰러지고 다시 일어섰다가 또 쓰러지기를 반복했다. 그녀가 바닥에 쓰러질 때는 모든 관절들이 분리라도 된 것처럼 사지가 각기 다른 방향을 향했다. 너무도 처참한 모습이었다.

　나는 이미 TV 화면에 몰입해 있었고 사람들의 간절한 응원보다 더 애를 태우며 두 손을 불끈 쥐었다. 그때처럼 텔레비전 속의 인물에게 감정이입을 했던 적이 또 있었을까. 목이 터지도록 응원하는 사람들을 따라서 나도 소리치지 않은 것이 어쩌면 이상한 일이었다.

　골인 지점은 바로 코앞이었다. 그녀도 너무 잘 알고 있는 일이었다. 누군가 그녀를 도와줄 수도 있었겠지만 그것은 곧 실격을 의미했다. 그 많은 외침에도 불구하고 그녀는 일어서지 못했다. 어떻게 해서든 바닥에서 일어서려는 그녀의 모습은 가슴 뭉클한 휴먼드라마와도 같았다.

　그때였다. 더 이상 일어설 수 없었던 그녀가 트랙을 기어가기 시작했다. 결코 포기하지 않겠다는 일념이었다. 엉금엉금 기어서 조금씩 앞으로 나아가던 그녀의 모습은 일생 동안 보았던 스포츠 장면 중에서 가장 아름다운 모습이었다. 기어가는 것조차도 버거워보였던 그녀. 무릎이 시퍼렇게 멍드는 투혼 앞에서 나는 눈물을 흘렸다. 그녀는 그렇게 기어서 골인 지점을 통과한 후 완전히 쓰러지고 말았다.

내가 최초로 접했던 철인3종 경기였다.

수영 3.8킬로미터, 사이클 180.2킬로미터, 마라톤 42.195킬로미터, 제한 시간 17시간.

참으로 혹독하고 외로운 레이스가 아닐 수 없다.

아침 7시, 이제 막 불어오는 새벽바람에 침묵하던 바다도 잠에서 깨어날 시간, 새떼처럼 수평선을 향해 헤엄쳐나가는 사람들. 겁도 없이 거친 파도를 헤쳐나가는 그들의 용기는 어디에서 오는 것일까. 6시간 혹은 7시간이 넘도록 쉬지 않고 페달을 밟으며 언덕을 오르고 바람을 가르는 사이클은 또 어떤가. 찢어지는 듯한 허벅지의 통증을 참아가며 오로지 앞으로만 전진해야 하는 고독한 레이스. 그 긴 여정을 마치고 다시 마라톤 풀코스를 달려야 한다는 것은 인간의 한계에 도전하는 거나 다름없는 일이다.

그녀는 225킬로미터가 넘는 거리를 달려, 결국은 캄캄한 밤이 되어서야 골인 지점에 다다른 것이다. 그리고 바로 저기 앞이 그녀가 그토록 닿고 싶어했던 결승점이건만 더 이상 일어설 기력조차 남아있지 않게 되었으니 얼마나 애타는 일인가. 포기하지 않고 결승점까지 기어가던 그녀의 모습은 감동적이다 못해 처연하기까지 했다.

나는 가쁜 숨을 몰아쉬면서도 그녀의 모습을 자꾸만 떠올렸다. 내가 아무리 힘들어도 아스팔트에 쓰러진 그녀만큼이야 하겠는가, 힘을 내자. 나의 고지도 멀지 않았을 것이다. 돌아갈 곳도 없고, 되돌아갈 수도 없는 일이니 조금만 더 참고 언덕을 오르자.

04 이별로
시작된 길

그 언덕을 얼마나 오랫동안 올랐는지는 기억이 없다. 적어도 30분? 아니면 1시간? 알 수 없다. 우리가 만난 길은 한 사람이 겨우 걸을 수 있는 좁은 산길이었다. 그 길을 만나는 순간, 아~ 살았구나, 싶었다. 온몸이 땀으로 뒤범벅이 되어 물통의 물을 벌컥벌컥 마셔댔다.

길을 찾았음에도 우리는 바닥에 주저앉아 꿈쩍도 하지 못했다. 그저 망연자실 그 자체였다. 남은 트레킹 코스가 두려웠다. 이런 체력 소모가 지속된다면 남은 산행은 누구도 자신할 수 없다. 사실 나는 돌아가고 싶었다. 더 늦기 전에, 더 깊은 산중으로 들어갔다가 괜히 돌아오는 길만 멀어지기 전에, 지금 이 순간 포기하는 것이 현명할 것 같았다.

그곳에서 우리는 중대한 결정을 내렸다. 함께 의논해서 공동의 선택을 따르는 것이 아니라 각자의 선택에 따라 행동하기로 했다. 그런 합의는 우리가 이미 오래도록 혼자 여행을 다녔던 방랑자들이란 증거였다.

우리는 누구에게도 짐이 되고 싶지 않았다. 우리의 여행은 온전히 개인적이고, 각자의 것이었다. 그리고 이런 힘겨운 트레킹이 계속된다면 우리 중에 누구도 다른 사람을 책임질 수 있는 여력이 없었다. 자기 자신을 책임지기에도 급급한 상황이었다. 사실 그 순간 우리 셋 사이에는 위기감과 비장함이 서려 있었다. 트레킹을 계속해야 할지에 대한 자신감마저도 상실한 상태였기 때문이다.

가장 먼저 Y가 결정을 내렸다. Y는 일단 산행을 계속하겠다고 했다. 다시 되돌아오는 한이 있어도 오늘 하루 더 산을 오르고 결정을 내리겠다고 했다. Y는 언덕을 가장 먼저 오를 정도로 체력과 경험이 풍부했다. 짐도 우리 셋 중에 가장 가벼웠다. 그 흔한 똑딱이 카메라도 없이 오로지 든든한 침낭 하나가 전부나 마찬가지였다. 언덕을 오른 뒤 미진 씨는 녀석을 다람쥐라고 불렀었다.

다음은 내가 결정을 내려야 했다. 괴로웠다. 지금 포기한다면 너무 이른 결정이 분명했다. 그러나 포기가 늦을수록 되돌아오는 길이 또 얼마나 암담할까를 생각하면 마음을 비우고 이대로 돌아서고 싶었다. 깨끗하게 마음을 비워야 할지, 아쉬움이 남지 않도록 도전을 계속해야 할지 판단이 서지 않았다. 트레킹을 시작하자마자 중대한 선택의 기로에 선 것이다.

이런 갈등은 정말 괴롭다. 하지만 내게도 오기가 있었다. 아무리 힘들어도 죽기야 하겠냐 싶었다. 20일에 가까운 산행을 계획했는데 이제 하루도 지나지 않아 포기한다는 것은 창피하기 이를 데 없는 일이다. 나 역시 산행을 결정했다.

다음은 미진 씨 차례였다. 미진 씨는 당장은 결정할 수 없다고 했다. 조금 더 생각을 해봐야 할 것 같다며 우리에게 먼저 떠나라고 했다.

그러나 여자 한 명을 남겨두고 남자 둘이 떠나는 게 매우 비겁한 일처럼 여겨졌다. 마음이 무거웠다. 하지만 언덕을 오르는 동안 우리에게는 이미 누구에게도 짐이 되어서는 안 된다는 절박한 원칙 같은 게 세포 깊숙이 스며들어 있었다. 우린 먼저 떠나라는 그녀의 부추김을 진지하게 받아들였다.

내 눈치를 살피는 Y에게 먼저 떠나라고 말했다. 나 역시 너무 지쳐서 좀 더 휴식을 취한 다음 산행을 시작하겠다고 했다. 하지만 녀석을 먼저 보낸 것은 그 이유 때문만은 아니었다. 녀석과 함께 길을 갔다가는 나 또한 녀석에게 짐이 될 수 있다는 생각이 들었다. Y가 부담 없이 떠나도록 하기 위해 정신을 가다듬을 시간이 조금 더 필요하다는 핑계를 댔던 것이다. 우리의 트레킹 능력에 커다란 차이가 있음은 이미 언덕을 오르며 증명되었으니 함께 길을 가는 것은 무모한 짓일 수도 있었다. 물론 미진 씨를 남겨두고 둘이 함께 떠나는 것도 마음에 걸렸다.

Y의 마음도 가볍지는 않을 것이다. 그러나 이럴 때일수록 냉정해야 했다. 그것 역시 우리가 여행을 통해서 터득한 깨달음이다. Y는 배낭을 짊어지고 다시 만날 수 있을지도 모른다는 희망 같은 인사를 남기고 길을 밟았다. 아무렇지도 않은 듯 등을 돌린 녀석이 조금도 야속하지 않았다. 애써 평상심을 보이려는 모습이 역력했기 때문이다. 오히려 녀석의 뒷모습을 보며 가슴이 짠해졌다. 그래서 괜히 "잘 가, 임마!" 그렇게 소리치고 싶었다. 자꾸만 멀어지는 녀석, 다시 만나지 못하더라도 무사히 트레킹을 마치기를 기도했다.

남은 미진 씨와 나는 아무 말도 하지 못했다. 몇 모금의 물을 더 마셨고 녀석은 이미 산속으로 사라진지 오래였다.

　미진 씨는 여느 여자들처럼 남자들의 보호를 필요로 하는 여행자는 아니었다. 그랬다면 우리의 트레킹에 합류하려 할 때 흔쾌히 동의하지 못했을 것이다. 하지만 그녀의 체력으로 중간 기착지인 남체에 9일만에 도착하려는 계획은 어려울 듯싶었다. 그렇다고 하더라도 이 상황에서 그 어떤 남자도 여자를 혼자 남겨두고 길을 가는 건 쉽지 않을 것이다.

　그런 생각을 했다.

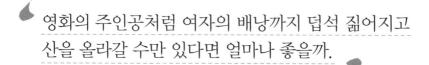

영화의 주인공처럼 여자의 배낭까지 덥석 짊어지고
산을 올라갈 수만 있다면 얼마나 좋을까.

지친 그녀를 격려하며 높은 바위를 만날 때마다 손을 내밀어 그녀를 끌어올려주고, 상처투성이인 자신의 몸은 아랑곳하지 않고 오로지 여자를 보호하기 위해 목숨까지 바치는 남자 주인공이었으면 얼마나 멋졌을까.

그러나 이미 모든 것이 결정된 상황이었다. 나는 내 몸 하나 간수하기 힘든 나약한 남자였다. 그때만큼은 그렇게 생각되었다.

나도 배낭을 짊어졌다. 그리고 가능하면 되돌아가라는 치사한 조언으로 작별인사를 대신했다. 남자로서는 너무 비겁한 인사였을지도 모르겠다. 나는 길을 가면서 너무도 모호한 위치에 놓인 자신이 그렇게 싫을 수가 없었다. 앞서간 Y에게는 짐이 되기 싫어 먼저 떠나라고 해놓고는 남은 미진 씨에겐 여자를 버렸다는 죄책감까지 느끼며 혼자 길을 가게 되었으니 말이다.

사실 우리가 길을 잘못 들어서지 않았다면, 그래서 체력을 바닥까지 소진해가며 언덕을 오르는 일이 없었다면 우리는 끝까지 함께 했을 것이다. 아니면 이런 역경이 여정의 중간에 닥쳤다면 우리는 자신을 희생해가면서라도 누군가를 도와주었을 것이다. 그러나 불과 트레킹 시작 몇 시간만에 닥친 시련은 곧 위기감으로 작용했고 어쩔 수 없이 모두들 냉정해질 수밖에 없었다. 그리고 그곳은 그녀가 혼자 돌아가기에 그리 늦지 않은 지점이기도 했다.

결국 우리는 출발하자마자 각자의 길을 가게 되었다. 그리고 나는 트레킹 여정 동안에 그녀를 다시 만나지 못했다. 당연히 그녀가 트레킹을 포기하고 카트만두로 돌아갔을 것이라고 생각했다. 나중에 알게 된 일이지만 그 길에서 만난 다른 외국인 트레커들과 일행이 되어 트레킹을 계속했다고 했다. 내가 그녀를 다시 만난 것은 약 한 달 뒤 카트만두에서였다.

사실 이때 우리가 느꼈던 위기감이나 비장한 마음가짐들은 조금 성급했던 것이기도 했다. 이어진 산행에서 많은 어려움을 겪기는 했어도 그때처럼 짧은 시간에 급격히 체력을 소진해야 할 일은 많지 않았기 때문이다. 하지만 당시 우리는 앞에 기다리고 있는 상황을 알 수 없는 상태였고, 선택은 그때 주어진 상황을 참고하지 않을 수 없었다. 어쩌면 세상을 살아가면서 만나는 수많은 선택 앞에서 우리는 이런 식의 갈등을 느끼고 있는 지도 모를 일이다.

05 Y를 잡아라!

앞서 떠난 Y와 뒤에 남은 미진 씨. 시작부터 이별을 하게 된 셈이지만 다른 한편으로는, 그래 혼자서 지독하게 외로운 트레킹을 해보자, 그런 생각이 들기도 했다.

"박동식! 너 외로운 거 좋아하잖아. 외로움의 깊이를 이해하는 것은 삶의 깊이를 깨닫는 것과 동급이라며!"

하지만 아무런 준비도 없이 일순간에 친구들을 잃고 나니 가슴 한 구석이 자꾸만 아릿해졌다. 연근처럼 구멍이 숭숭 뚫린 심장 어딘가로 칼바람이 휙휙 불어닥치는 것 같기도 했다. 어차피 길은 혼자 가는 거라고 떠들어대더니 꼴좋게 된 것이다.

터벅터벅 혼자서 산길을 걷다가 문득 중요한 사실 하나를 깨달았다. 우리의 트레킹 루트가 담긴 지도를 뒤에 남은 미진 씨가 갖고 있다는 사실이었다.

스스로의 트레킹은 스스로 책임진다는 전제 아래 자신에게 필요한 물품들을 각자 준비했지만 지도만큼은 미진 씨 혼자서 구입했었다. 지도 값이 제법 비쌌기 때문이다. 그리고 하루 동안 걸어야 할 거리와 예상시간 등은 경험이 많은 Y가 주도적으로 계획했었다. 자신의 트레킹은 자신이 책임진다고 했으면서도 Y가 우리의 리더 역할을 했다는 것은 분명한 사실이다.

문제는 그것뿐이 아니었다. Y는 일정을 짜면서 매일 밤 머물 숙박 예정지를 결정했는데, 그 지명과 목록 또한 그만이 갖고 있었다. 내가 알고 있는 거라고는 오로지 최종 목적지인 '에베레스트 베이스캠프' 하나였다. 내게 일정을 알 수 있는 자료가 전혀 없다는 것은 매우 위험한 일이었다. 매일매일 어디까지 걸어야 할지도 모르고 어디에서 잠들 것인지도 쉽게 결정할 수 없다는 뜻이다. 중간 중간 작은 마을과 롯지가 있겠지만 마을과 마을 사이가 몇 시간씩 떨어진 경우도 있을 터인데, 자칫 잘못 판단을 했다가는 깜깜한 밤이 되도록 다음 마을을 만나지 못할 수도 있다.

중요한 일정과 루트를 남에게만 맡긴 자신이 한심하기 그지없었다. 그것은 매우 중대한 실수였다. 그때부터 나는 잠시도 쉬지 못했다. 어떻게 해서든 앞서간 Y를 따라잡아야 했다. 일단 녀석을 만나서 그가 갖고 있는 일정표를 옮겨 적어야 했다. 앞으로 거치게 될 지명과 예상 소요시간, 숙박해야 할 마을 이름 등을 알아야만 내 안전을 보장받을 수 있고 트레킹도 편해질 것이다.

내가 지금 가고 있는 길이 맞는 길인지도 알 수 없다. 그렇지만 속도를 내지 않을 수 없다. 나보다 발도 빠르고 짐도 가벼운 Y를 따라잡는 게 쉽지 않겠지만 죽을힘을 다해서 걷고 또 걸었다. 녀석을 다시 만나 계획표만 수중에 넣는다면 고갈된 체력은 그때 천천히 보충하자고 생각했다. 그밖에 달리 방법이 없다. 잘못된 길을 바로잡기 위해 아침부터 그토록 고생한 것으로도 모자라, 이제는 한참 전에 출발한 녀석을 따라잡기 위해 정신없이 걷고 있는 자신이 한심하기도 하고 가엾기도 했다. 나의 트레킹은 헝클어진 실타래처럼 초반부터 꼬이고 있었다.

다급하기는 다급했던 모양이다. 처음 만난 산의 고도가 2,300미터가 넘었는데도 쉬지 않고 넘었으니 말이다. 나의 고도계로 2,315미터였으니 실제 고도는 그보다 몇 십 미터는 더 높았을 것이다. 다행히 산을 넘은 뒤부터는 내리막이었다. 곧바로 더 높은 산이 나타났다면 아마 좌절하고 말았을 것이다. 계곡을 지나고 다리도 두 개나 건넜다. 작은 롯지와 식당을 만나기도 했지만 그냥 통과했다. 점심을 먹지 못해 배가 고팠지만 밥이 문제가 아니었다.

카메라도 배낭에 집어넣었다. 수시로 사진을 찍기 위해 카메라를 목에 걸고 있었는데 속도를 내려니 여간 귀찮은 게 아니다. 그리고 이런 상황에서는 사진이고 뭐고 아무 필요가 없었다. 아무리 아름다운 풍경이 나타나도 사진 찍을 시간이 없었다. 마음에 여유가 없다보니 생긴 일이다. 물론 멋진 풍경을 그냥 지나칠 때마다 아쉬운 마음이야 이루 말할 수 없었지만 그럴 때마다 트

레킹을 마치고 돌아갈 때를 기약했다. 어차피 돌아가는 길도 이 길 밖에는 없
으니 다시 지나칠 길이다. 지금 가장 중요한 것은 Y를 따라잡는 일이다.

몸도 마음도 급해 죽을 지경인데 다시 오르막이 시작되었다. 이번에는 더
높은 산이다. 아침처럼 길이 없어 자꾸만 미끄러지는 일은 없었지만 빠른 걸
음으로 산을 오른다는 게 어디 쉬운 일인가. 나의 트레킹은 이미 일상적인 틀
을 벗어나 있었다. 삼베로 한약을 짜내듯, 혈관 속의 모든 에너지들을 한 방
울도 남김없이 쥐어짜내는 셈이었다.

손목에 찬 고도계는 어느새 2,740미터를 가리킨다. 그것만으로도 내 인생
에서 가장 높은 곳이다. 그러나 감상에 젖어 있을 시간이 없다.

그 산을 넘으면서 미진 씨를 되돌아가게 한 것이 잘한 일이란 생각이 들
었다. 그도 이 길을 따라왔다면 자신을 원망했을 것이다. 이토록 힘겨운 길을
뭐하러 간단 말인가. 돌려보내기를 잘했다는 생각과 함께 지금쯤 편하게 지
리에서 차를 마시고 있을 그녀가 부럽기도 했다.

정상을 넘으면서 산 아래 펼쳐진 풍경들은 정말 아름다웠다. 가보지도 않
은 알프스가 이런 풍경일 것이라 짐작했다. 풍경을 감상하다보니 어느새 산
중턱까지 내려왔다. 마을 입구에 2층집 한 채가 보였고 더 아래쪽에는 작은
마을이 보인다. 저 마을에서도 Y를 만나지 못한다면 오늘 그를 만나는 것은
불가능한 일이다. 시간은 이미 4시가 넘어가고 있었다. 하지만 마을에 도착
한다고 해도 이 집 저 집 돌아다니며 Y를 찾아봐야 한다는 걸 생각하면 미칠

노릇이었다. 물론 만나기만 한다면야 감수할 수 있는 일이지만.

　복잡한 심정으로 마을 입구의 첫 번째 집을 지나칠 때였다. 누군가 내 이름을 힘차게 불렀다. 뒤를 돌아보았다. 아무도 없었다.

" 여기야, 임마! "

방금 지나친 2층집에서 Y가 창문을 열고 나를 내려다보고 있었다.

녀석을 처음 만난 곳은 카트만두였다. 녀석과 나는 가난한 여행자들이 모이는 싸구려 숙소의 손님이었다. 그것도 여러 명이 한 방을 사용하는, 각기 한 개의 침대만을 사용하는 다인실 숙박객이었다. 하지만 공교롭게도 다인실의 손님은 그와 나 단둘이었다. 다른 침대는 비어 있었고 다인실은 늘 한가했다. 그러나 우리 둘이 방에 머문 시간은 그리 많지 않았다. 나는 서울에서 마감하지 못한 원고 때문에 며칠 동안 여러 카페를 전전하며 원고와 씨름을 하고 있었고, 그도 오전 일찍 숙소를 나갔다가 늦은 오후가 되어서야 돌아오고는 했다.

처음 며칠은 아침에 눈을 마주치면 의례적인 인사만 주고받았다. 그가 한국인이란 것은 알고 있었지만 그 이상 서로에 대해서 아는 것이 전혀 없었다. 그러던 어느 날 카트만두 타멜 거리에서 그를 만났다. 카페에서 원고를 쓰다가 잠시 산책을 하던 길에 마주오던 그를 만난 것이다. 녀석은 대뜸 이렇게 말했다.

"막걸리 한 잔 하실래요?"

나는 카트만두 어딘가에 한국의 막걸리를 파는 가게가 있는 줄 알았다. 하지만 그가 말한 막걸리는 '창'이라고 부르는 네팔 전통주였다. 모양과 맛이 막걸리와 흡사한 술이다.

우리는 네팔식 막걸리 창을 마시기 위해 간판도 없는 선술집으로 향했다. 3~4평 실내에 몇 개의 테이블이 놓인 어두침침한 구멍가게였다. 선반에는 맥주 몇 병이 전리품처럼 진열되어 있었고, 한쪽 유리장 안에는 라면과 과자 몇 가지가 자랑처럼 자리를 차지하고 있었다. 가게도 너무 허름했지만 막다른 골목 안에 숨어 있어서 여행자가 찾아올 만한 곳은 아니었다. 하지만 녀석은 이미 여러 차례 이곳을 찾은 듯했다.

그날 우리는 계란을 넣은 라면 하나를 앞에 두고 여러 잔의 창을 마셨다. 그리고 알았다. 녀석도 나처럼 그 지긋지긋한 백말띠라는 사실을 우리는 동갑이었으며 그도 나처럼 고단하고 어설픈 청춘을 보내고 있었다. 하지만 녀석은 나보다 더한 역마살이 끼어 있었다. 기약도 없이 세상 곳곳을 떠돌아다녔고, 서울로 돌아가면 3개월을 버티지 못하고 다시 배낭을 꾸려야만 했단다. 그러기를 7년, 이제 다시는 떠나지 않겠다는 굳은 다짐으로 배낭을 포함한 모든 여행용품을 버렸다고 했다. 마음을 다잡고 남들처럼 직장생활을 하며 차근차근 돈도 벌 생각이었다고 했다. 하지만 몇 개월이 지나고 다시 병이 도지기 시작했다. 그 흔한 삶을 두고 우리는 왜 이토록 삐딱한 길을 가는 것일까.

산이 보고 싶었다고 했다. 하얀 설산이 보고 싶어 견딜 수가 없었다고 했다. 그래서 다시는 떠나지 않겠다는 굳은 결심을 버리고 아무도 몰래 짐을 싸들고 네팔로 왔다고 했다. 하지만 이제는 마지막이라고 했다. 에베레스트를

보고나면 서울로 돌아갈 것이고, 이제 여행과 산은 잊은 채 한곳에 정착할 것이라고 했다.

사실 내가 네팔에 간 이유는 티베트 여행을 위해서였다. 그러나 당시 티베트로 향하는 육로는 중국 정부의 일관되지 못한 정책 때문에 어려움을 겪고 있었다. 우선은 급한 원고를 마감하며 시간을 벌고 있었지만 기약도 없이 언제까지고 기다릴 수도 없는 상황이었다. 결국, 그의 제의에 의해 한 달 가까운 일정의 트레킹에 동행하기로 결정했다. 그 사이 티베트와 네팔의 육로 상황이 호전된다면 시간 낭비를 줄이는 동시에 매우 알찬 경험이 될 것 같았다.

사실 계획에도 없던 일이고 최소 20일이 소요되는 트레킹이었기에 적지 않게 고민을 했다. 그러나 세상에서 가장 높은 에베레스트는 매우 유혹적이었다. 특히 카트만두로 향하는 비행기에서 내려다 보았던 히말라야는 세상의 지붕이라는 말이 결코 과장이 아님을 증명하는 경이로운 풍경이었다. 구름을 뚫고 길게 늘어선 하얀 봉우리들은 어디가 하늘이고 어디가 산인지 구분할 수 없게 했고 만년설과 구름도 쉽게 가늠할 수 없었다. 온통 파랗고 하얀 세상에 장엄한 삼각뿔이 듬성듬성 도열하고 있을 뿐이었다.

눈앞에 펼쳐진 비경 앞에서 근육들은 경련을 일으켰고, 감전된 머리칼처럼 미세한 솜털까지 깃을 세웠다. 결국 나는 하늘에서가 아니라 발을 딛은 채 히말라야를 다시 한 번 보고 싶었다. 때문에 그가 트레킹 동행을 제의했을 때 오래 망설이지 않았다.

히말라야의
아름다운
마을들

이튿날 6시에 일어나 아침도 거른 채 양치질만 하고 숙소를 나섰다. 아침 식사는 다음 마을에서 할 예정이다. 히말라야의 밤은 너무 빨리 찾아와 오후 4시가 되면 더 이상의 트레킹은 위험했다. 결국 좀 더 이른 시간에 산행을 시작하는 게 그나마 하루 일정을 맞추는 방법 중에 하나다.

Y가 갖고 있던 일정표를 복사하고 나니 마음이 든든했다. 그깟 종이 1장이 이렇게 사람을 안심시킬 수 있다는 것도 놀라운 일이다. 물론 그건 단순한 종이쪽지가 아니라 내가 가야 할 방향을 안내해주는 이정표와 마찬가지다. 자신이 가야 할 방향을 알지 못하는 것은 망망대해에서 나침반을 분실하는 것과 같다. 그것은 삶의 길에서도 마찬가지일 것이다. 불투명한 미래처럼 암담하고 불안한 일이 또 있을까. 자신이 어디에서 왔고, 어디에 서 있으며, 어디로 가야 하는지 알지 못하는 인생은 깜깜한 암흑 속에 갇힌 실종자나 다름

없는 일이다.

14세 때부터 고용살이를 시작한 끝에 미국 워너메이커 백화점의 설립자가 된 워너메이커는 "목적 없이 산다는 것은 위험한 일이다"라고 말했다. 목표가 분명하고 설계가 정확할수록 걸음은 더욱 당당해지고 망설임도 줄어들 것이다.

이제 나에게는 에베레스트를 향해 전진하는 일만 남았다. 돌아갈 수 없는 길을 왔으며 돌아가고 싶은 마음도 없다. 쉬운 길은 아니겠지만 가지 못할 길은 더욱 아니다. 배낭도 다시 꾸렸다. 무게 중심을 앞으로 쏠리게 했더니 뒤에서 잡아당기는 느낌은 거의 사라졌다. 덕분에 같은 무게의 배낭이지만 훨씬 가볍게 느껴진다.

다부지게 배낭끈을 조이고 산을 오르며 그런 생각을 했다. 어쩌면 내가 지나온 흙길과, 풀 하나와, 돌 하나와, 이름 모를 들꽃 한 송이가 에베레스트보다 더 아름다운 것인지도 모른다고. 나의 목적지는 에베레스트지만 이것들을 지나치지 않고 어찌 그곳에 도달할 수 있겠는가. 과정에 놓인 이 모든 것들이 있기에 에베레스트도 존재하는 것이다. 그러니 에베레스트를 향해 가고 있지만 사소한 모든 것들에게도 눈길을 주자. 내 앞에 놓인 모든 것들을 사랑하자.

점심을 먹었던 켄자Kenja는 정말 마음에 드는 마을이었다. 넓고 납작한 돌로 마을 중앙도로를 깔았고, 이 길을 중심으로 집들이 길게 늘어서 있었다. 포장이 불가능한 산골 마을에서 길을 닦는 훌륭한 방법일 뿐 아니라 아스팔트나 콘크리트와는 비교될 수 없는 고풍스러움이 있었다.

식당 주인아저씨는 음식을 주문한 뒤에야 밭에 나가 야채를 뽑아왔다. 아침을 먹었던 식당에서는 감자튀김을 주문했더니 호미를 들고 밭에 나가 감자를 캐오기도 했고, 심지어는 볶음밥을 주문하면 그때서야 밥을 짓기도 했다.

산골 마을에서 이런 일은 당연한 일이다. 손님이라고는 에베레스트로 향하는 트레커가 전부일 것이고, 그나마 매일 손님이 있으리라는 보장이 없기 때문이다. 더욱이 냉장고가 없으니 음식 재료를 오래 보관할 수도 없다. 그러니 음식이 나오기까지 30~40분은 기본이다.

나는 음식을 기다리며 마르지 않은 채 배낭에 넣었던 빨래를 마당에 널었다. 신발을 벗고 양말도 벗었다. 마당에 깔린 돌판을 맨발로 걸으니 따뜻한 온기가 발바닥부터 타고 올라와 혈관들을 따뜻하게 데워주었다. 한낮의 햇볕으로 달궈진 돌판은 서늘한 대지와는 다르게 11월임에도 봄기운을 가득 품고 있었다. 한쪽에서는 젖은 빨래가 말라가고 여행자는 돌판이 깔린 정원을 맨발로 거닐고 있다. 하루만에 종아리와 허벅지에 탱탱하게 알이 배겼지만 그 순간만큼은 모든 것이 평화로웠다. 고통도 잊고 이미 몇 개나 넘은 산들도 잊었다. 이대로 며칠만 더 머물 수 있다면 얼마나 좋을까 싶었다.

그곳에서 처음으로 에베레스트 끝자락을 보았다. 11월은 트레킹을 하기에 가장 좋은 계절이다. 여름에는 비가 많이 내려서 길이 좋지 않고, 12월이면 눈이 내리기 시작하면서 많은 장비가 필요해진다. 11월은 해가 지는 시간이 아니면 하루 종일 구름 한 점 없이 화창한 날의 연속이어서 만년설에 덮인 설산을 마음껏 감상하며 트레킹을 할 수 있는 기간이다.

그러나 트레킹 초반에는 다른 산들에 가려 에베레스트는 물론이고 설산을 감상하기가 쉽지 않다. 하지만 켄자의 식당 정원에서 빠끔히 얼굴을 내민

에베레스트의 끝자락을 보고 나니 다시 가슴이 뛰기 시작했다.

켄자를 지난 뒤 곧바로 산 하나를 넘었다. 도대체 하루에도 몇 개의 산을 넘는지 몰랐다. 지쳐서 걸을 힘도 없었다. 점심이 부실했는지 배도 고팠다. 길게 이어진 언덕을 몇 걸음 걷다가 쉬고 다시 몇 걸음 걷다가 쉬었다. 쉴 때마다 비상식량으로 준비한 사탕을 하나씩 깨물어 먹었다. 신기하게도 사탕

하나를 먹으면 얼마간의 힘이 생기곤 했다. 결국 산을 오르며 사탕 반 봉지를 먹어치웠다. 짐을 줄이기 위해 비상식량부터 먹어치울 생각이긴 했지만 이렇게 먹다가 막상 위급한 상황이 닥쳤을 때는 먹을 게 없는 건 아닌지 걱정이 되기도 했다.

오후 4시가 되어갈 무렵 세떼Sete에 도착했다. 오늘은 이곳에서 잠을 청할 것이다. 세떼의 고도는 2,570미터. 오후 4시였음에도 기온은 섭씨 11.8도를 가리키고 있다. 추워서 갖고 있는 옷을 모두 껴입었다. 그래봐야 바람이 숭숭 통하는 얇은 바지와 폴리에스터 재질의 보온 바지가 전부였다. 상의도 반팔 셔츠 하나와 긴팔 셔츠 하나, 그리고 카트만두에서 구입한 재킷밖에 없다. 어쩔 수 없이 침낭을 뒤집어썼지만 이 침낭 역시 오리털이 아닌 솜이 들어간 얇은 침낭이다. 지금이야 이 정도로 충분하지만 깊은 산으로 들어갈수록 기온은 더 내려갈 테니 이 정도로 버틸 수 있을지 알 수 없는 일이다.

저녁은 6시에 먹을 수 있도록 부탁했다. 조금 추워도 야외 테이블에 자리를 잡았다. 대신 따뜻한 밀크티 한 잔을 주문했다. 이곳에 앉아 서쪽으로 지는 해를 보고 싶었다. 해는 구름 뒤에 숨어버렸지만 구름과 구름 사이로 푸르면서도 황금빛이 감도는 빛들이 새어나왔다. 그 빛들은 험준한 산맥의 여러 언덕에 내렸고, 내 테이블에도 조금은 내려와 길게 그림자를 만들었다. 차가운 바람이 불어오고 그 바람에 실려 아랫마을에서는 아이들의 재잘대는 소리가 들려왔다.

산과 산을 돌아 멀리서 달려온 바람. 이 바람은 어디에서 만들어지는 것일까. 빛들이 움직이고 끝내 그림자는 희미해졌다. 멀쩡한 하늘이 해가 질 때만 되면 구름들이 만들어져 제대로 된 일몰을 감상하지 못하는 것이 못내 아쉬웠다.

저녁식사는 훌륭했다. 양배추와 당근이 들어간 야채볶음밥이었다. 산중으로 들어갈수록 이 정도로 질이 좋은 음식을 먹기는 쉽지 않을 것이다. 켄자에서 먹었던 점심도 좋았고 Y가 시켰던 애플파이도 수준급이었다.

6시 44분, 잠자리에 들기엔 이른 시간이다. 하지만 전기 없는 실내는 이미 캄캄했다. 몸도 무척 지쳤다. 온몸 마디마디가 아프지 않은 곳이 없었다. 특히 무거운 배낭을 메고 몇 개의 산을 넘어서인지 상완골로 이어지는 쇄골 아래 관절의 통증이 심하다. 허리 전체 근육도 팽팽하게 긴장이 되어 뻣뻣하게 굳어버린 느낌이었다.

지금 잠자리에 들면 12시간은 잘 수 있을 것이다. 피로회복에 큰 도움이 되겠지만 지금 상태로는 몇 날 며칠 동안 누워만 있으라고 해도 충분하지 않을 것 같았다.

07

어머니의
봇짐

힘겹게 산 하나를 올랐을 때였다. 정상은 조금 긴 평지로 이루어져 있었다. 곧바로 내리막이 시작되는 것보다는 차라리 어느 정도 평탄한 길이 피로 회복에 도움이 된다. 오르막보다야 내리막이 수월하지만 내리막도 다리에 부하가 걸리는 건 마찬가지기 때문이다.

숲이 우거진 길이어서 오솔길을 걷는 느낌이었다. 덕분에 삼림욕장을 산책하는 것처럼 쾌적했다. 몇 굽이를 돌아 다시 내리막이 시작되려는 지점에서 한 여인을 만났다. 그녀는 이제 막 산을 올라오는 참이었다. 그녀의 등에는 천을 둘둘 말아서 묶은 괴나리봇짐이 매달려 있었다. 마치 한양으로 향하는 조선시대의 보부상 같은 모습이랄까. 그러나 내 시선이 머문 곳은 보부상 같은 그녀의 모습이 아니라 봇짐 위에 올라앉은 아이였다. 이제 겨우 대여섯 살쯤 되었을 법한 아이는 어미의 봇짐 위에 걸터앉은 채 과자 봉지 하나를 입에 물고 있었다.

갑자기 내가 힘겹게 올라왔던 산길이 거대한 장벽처럼 다가왔다. 스스로가 너무도 초라하고 무기력해져서 더 이상 걸을 수가 없었다. 내 몸 구석구석에서 아우성치던 모든 고통과 통증들이 엄살처럼 여겨졌다. 내 한 몸 오르기에도 버거웠던 길을 그녀는 아이까지 등에 업고 올랐던 것이다. 어머니라는 이름의 위대함은 내가 아무리 발버둥을 쳐도 넘어설 수 없는 철옹성 같은 게 아닐까. 어린 자식을 등에 업고 히말라야를 넘을 수 있는 힘은 그 이름에서 나오는 것일 테니 말이다.

그리고 어쩌면 이 길이 아이에게는 눈물 젖은 길이 될지도 모른다. 많은 시간이 지나고 어미가 세상을 떠난 뒤 장성한 아이가 이 길을 가게 된다면 그는 무슨 생각을 하게 될까. 헉헉 숨을 몰아쉬며 오른 길이 언젠가 어미가 자신을 업고 올랐던 길이란 것을 깨닫게 되는 날, 두고두고 갚아도 갚을 수 없는 은혜와 사랑에 가슴이 무너지게 되지는 않을까. 손마디가 무뎌지고 힘없이 꺾였던 무릎, 결국은 허리마저 꾸부정하게 굽었던 것이 자신을 업고 히말라야를 넘으며 얻은 골병 때문이라는 것을 알게 되어도 이미 때는 늦었으리라. 돌이킬 수 없는 길을 간 노모를 생각하며 통곡을 해도 찬바람 부는 언덕은 아무런 대답이 없을 것이다.

어머니의 발자국에 눈물을 덧칠하는 것은 세상 모든 자식들이 되밟는 길인지도 모른다. 원망스럽기만 했던 노모가 왜 병들었는지 알게 된다는 것은 그만큼 자신도 늙었다는 이야기일 게다. 세상에는 그 나이가 되어야 이해하게 되는 깨달음들이 있는 모양이다. 그래서 지난 길에는 언제나 미련과 아쉬움이 남게 되는 것인지도 모른다.

오늘도 한 아이는 어미의 봇짐에 올라타고 그 길을 간 것이다. 먼 훗날 눈물로 걸어가야 할 길을.

08
인간은
왜 스스로
고행을
선택하는가

그해 여름, 참으로 긴 꿈을 꾸었다. 에베레스트로 떠났던 길이 내가 갈 수 있는 가장 높은 곳을 향한 도전이었다면, 그날의 도전은 내가 갈 수 있는 가장 먼 곳에 대한 도전이었다. 두 갈래 모두 내가 가지 못한 길에 대한 도전이었으니, 그날의 도전 역시 에베레스트의 도전과 크게 다르지 않았을 것이다.

2006년 8월 27일이었다.

새벽 4시에 기상해서 화장실부터 찾았다. 며칠 전부터 시작된 위경련 때문에 고통스런 나날을 보냈고, 병원에서 링거 주사를 맞으며 휴식까지 취했지만 증세는 전혀 호전되지 않았다. 지난 밤 용량을 두 배로 늘린 지사제 덕분에 설사는 멈췄지만 간간히 찾아오는 복통은 여전했다. 뭉친 배가 풀리지 않아 전복죽까지도 천천히 씹어먹느라고 아침식사 시간이 남들보다 두 배는 더 걸렸다.

식사를 마치고 언제나처럼 수염을 깎고 샤워를 했다. 대회가 있는 날이면 여느 날보다 더 깨끗하게 몸을 씻는 건 내 오랜 습관이다. 의식을 준비하는 제사장의 목욕재계까지는 아니겠지만 마음자세는 그보다 더하면 더 했지 덜하지는 않을 것이다. 그만큼 나는 대회에 참가하는 걸 무슨 의식을 치루는 것과 동일시하고 있었는지도 모른다. 처방받은 지사제를 전날 모두 써버려서 약국에서 따로 산 지사제 두 가지를 복용하고 대회장으로 내려갔다.

전국에 걸쳐 엄청난 폭우가 내린다는 일기예보가 있었고 날씨는 매우 흐렸다. 다행히 제주 지역은 강우량이 가장 적을 것으로 예보되었지만 지역에 따라 최고 200밀리미터까지 내릴 것이라는 예보는 그리 반갑지 않은 소식이었다.

파도는 거칠었고 먼 바다는 하얀 포말로 일렁였다. 어릴 때 TV에서 보았던 한 여인의 투혼이 오늘 나를 거친 파도 앞에 서게 한 것이다. 엉금엉금 기어서 결승점을 통과한 그녀가 아니었다면 아마 나는 이곳에 없었을 것이다.

중문 해수욕장은 이미 1,000여 명의 선수들로 빼곡했다. 출발 시간이 점점 다가오고 있었지만 이런 파도에서 수영을 한다면 분명 누군가에게는 사고가 일어날 것 같았다. 클럽 동료 몇이 함께 모여 있었는데 저마다 걱정 반, 다짐 반의 모습들이었다.

출발을 불과 10분 정도 남겨 놓고 갑자기 바다 쪽이 캄캄해지더니 엄청난 폭우가 쏟아지기 시작했다. 선수들은 환호성을 질렀다. 걱정이 되기도 했겠지만 철인에 도전하는 선수들이니 이런 역경은 한편으론 전의를 불태우는 일이기도 했다.

하지만 경기 진행에 대한 논의를 하고 있다는 안내방송이 이어졌고, 출발 시간인 7시를 넘겼지만 경기는 시작되지 않았다. 시시각각 변하는 제주 날씨의 특성을 고려해 조금이라도 더 지켜보려는 의도였을 것이다.

폭우는 멈추지 않았다. 파도 역시 전혀 잠잠해질 기미가 없었다. 결국 10분 뒤 수영을 취소한다는 결정이 내려졌다. 아쉬운 순간이었지만 무리한 진행보다는 선수들의 안전이 우선이었다. 사실 이미 바다에 나가 있던 안전요원들도 자신들의 위치를 확보하지 못하고 이리저리 파도에 휩쓸리고 있는 상황이었다. 그 상황에서 만에 하나 사고가 발생한다면 구조하러 다가가기도 쉽지 않았을 것이고, 높은 파도 때문에 사고자 발견 자체가 불가능했을 것이다. 결국 누구에게 무슨 문제가 발생하고 있는지 전혀 파악할 수 없는 상황이었다.

수영이 취소되었기 때문에 사이클은 8시부터 순차적으로 출발하도록 규정이 바뀌었다. 엘리트 선수와 여자 선수부터 5초 간격으로 출발하기로 되어 있었으나 어차피 기록 측정용 매트를 통과하기 때문에 누가 먼저 출발하든 각자의 기록은 개별적으로 체크될 것이다. 사이클 출발을 앞두고 다행히 비바람이 멈추기 시작했다.

사이클은 출발부터 언덕이었기 때문에 사전에 기어 배속을 가볍게 해두었다. 출발 후 얼마 지나지 않아 클럽 선배 한 명을 추월했다. 그러나 나도 나보다 뒤에 출발하는 출중한 실력의 동료에게 언제 추월당할지 알 수 없는 상황이었다. 이 경기는 누구를 추월하고 누구에게 추월당했느냐보다 온전히 자신의 목표와 겨루는 경기다. 나의 사이클 목표는 6시간이었다.

180.2킬로미터를 6시간 내에 주파하려면 평속 30킬로미터를 지켜야 한다. 90킬로미터 지점부터 '깔딱고개'라고 불리는 마의 구간이 시작되는 점을 감안하면 전반에 평속 33킬로미터 이상을 유지해야만 가능할 것이다. 그러나 비는 멈추는 듯하더니 다시 쏟아지기 시작했고 일부 구간에서는 양동이로 쏟아 붓는 것처럼 엄청난 양이 내리기도 했다. 지속적으로 퍼붓는 폭우는 경기를 어렵게 만들 뿐 아니라 레이스를 위험하게 만드는 요소이기도 하다.

그러나 정작 나를 괴롭힌 것은 폭우가 아니라 뒤틀리는 듯한 복통이었다. 복통은 격렬하게 움직일 때 더욱 심해졌고, 나중에는 몇 분에 한 번씩 주기적으로 찾아왔다. 입에서 끙끙 신음소리가 저절로 흘러나왔다. 잠시 복통이 가라앉고 나면 숨이 턱까지 차올랐다.

통증이 사라지기를 간절히 기도했지만 그것은 온전히 신의 몫이었다. 누군가 내 기도를 들어준다면 대신 오늘 '죽겠다'고 약속했다. 복통만 사라진다면 육신이 터져나가는 한이 있어도 최선을 다해서 결승점까지 달리겠다는 다짐이었다. 결승점을 코앞에 두고 쓰러졌던 그녀가 끝내 경기를 포기하지 않았던 것처럼. 그러나 간절한 기도에도 통증은 사라지지 않았다.

40킬로미터 지점을 지날 때 평속 36킬로미터를 유지하고 있었다. 오버페이스인지 정확하게 판단하기는 어려웠지만 일단 결과는 괜찮았다. 훈련이 아닌 대회라는 점을 감안하면 다리의 부하도 심각하다고는 생각지 않았다. 대회에서는 늘 플러스 알파가 작용하기 때문이다.

일단 현재 속도를 유지하며 달리기로 했다. 주기적으로 찾아오는 복통을 생각하면 매우 만족스런 레이스를 펼치면서 1차 목표였던 65킬로미터 지점까지 평속 36.9킬로미터를 유지하는 데 성공했다. 아마 36.9킬로미터라는 평속은 훈련 시에는 물론이고 정식 대회를 통해서도 최고의 기록이었을 것이다. 문제는 이후 언덕 구간에서 과연 어느 정도까지 속도가 떨어질지다. 다행히 중반을 넘어서면서 복통이 찾아오는 주기가 길어지고, 가끔씩 트림까지 나오는 것을 보면 증세가 조금은 호전되는 것 같았다.

2차 목표는 대략 100킬로미터 지점의 마의 언덕을 넘을 때까지 평속 30킬로미터를 지키는 것이다. 그렇게만 된다면 이후 속도가 떨어진다고 해도 후반 내리막에서 만회가 될 것이고, 마지막 구간은 이미 유지된 평속을 떨어트리지 않고 계속 지킬 수 있을 것 같았다. 물론 기대 이상으로 선전해 준다면 더 바랄 게 없을 것이다.

90킬로미터 스페셜 푸드 | 자신이 준비한 음식을 주최측에 맡긴 후 지정된 지점에서 찾는 보급식 지점에서는 사이클에서 내리지 않고 보급식만 찾아서 곧바로 출발했다. 내가 준비한 스페셜 푸드는 수통 하나와 오이 하나, 천도복숭아 2개였다. 사이클에는 수통 하나만 장착이 가능했기에 파워젤 | 고농축 탄수화물 9개를 희석한 수통 하나를 스페셜 푸드 봉지에 넣어두었던 것이다. 이미 비운 수통을 버리고 새로운 수통을 장착한 뒤, 오이와 천도복숭아 하나씩을 경기복 등에 끼우고 남은 천도복숭아는 달리면서 먹기 시작했다.

비 때문인지, 아니면 비교적 일찍 스페셜 푸드 지점에 도착한 때문인지는 알 수 없지만 의외로 음식물을 섭취하기 위해 사이클에서 내린 선수들은 거의 없었다. 규정상 편하게 앉아서 음식을 먹고 레이스를 계속해도 문제될 것이 없지만 대부분의 선수들은 음식을 찾은 뒤 곧바로 출발하고 있었다. 아마도 비교적 속도가 빠른 선수들일수록 정차하지 않고 스페셜 푸드 지점을 통과하기 때문일 것으로 여겨졌다.

사전 코스 답사를 통해 이미 익숙한 코스였지만 난코스는 여전히 힘들었다. 그래도 선수들 각자에게 맞는 경사가 있는 모양이었다. 어느 언덕은 다른 선수들을 따라가는 게 힘들기도 했지만 어떤 언덕은 다른 사람들이 힘들어하는 기색이 역력한 데도 나는 평지와 다름없는 속도로 오를 수 있었다. 결국 사이클 코스 내내 실력이 엇비슷한 선수 5~6명과 수없이 추월과 추월을 반복하면서 인사를 나눌 정도로 친숙해지기까지 했다.

이윽고 모든 선수들이 가장 힘들어 하는 '돈내코 언덕'에 이르렀다. 약 100킬로미터 지점이다. 이곳에 이르면서 나의 초반 레이스가 오버페이스였다는 것이 증명되었다. 경사도가 크지 않은 초반 언덕부터 힘겨웠다. 언덕 전체 길이는 제법 길지만 본격적인 언덕 구간만 생각한다면 대략 2킬로미터 정도다. 본격적으로 언덕이 시작되는 구간에 이르자 속도는 예상을 뒤엎고 8~9킬로미터(예상은 대략 시속 12킬로미터)까지 떨어졌고, 순간시속이 더 아래로 떨어지기도 했다. 매우 힘겨운 상황이었다.

언덕 중간 지점에 이르자 각 클럽에서 나온 응원단과 가족들이 경주로 옆을 가득 메운 채 고래고래 소리를 지르며 응원을 하고 있었다. 이곳은 선수들이 가장 힘들어 하는 코스라 응원단이 가장 많은 지점이다. 그들의 열정적인 응원에 조금은 힘을 얻을 수 있었다. 내가 몸담고 있는 클럽 선배 한 분도 그 지점에서 응원을 하고 있었다. 선배는 꿀물이 든 물병 하나를 내 등에 꽂아주었다. 사실 경기 중에 응원단에게 음식을 공급받는 것은 반칙이지만 이 구간만큼은 심판들도 눈감아 주는 곳이다.

정상 바로 직전에서는 또 다른 선배 한 명이 기다리고 있었다. 콜라가 마시고 싶었다. 콜라를 마시면 답답했던 속이 확 뚫릴 것 같았다. 선배가 자동차로 달려가서 가져온 콜라는 1.5리터 대용량이었다. 마시기 위해서는 멈춰야 하겠지만 시간이 아까웠다. 콜라를 받아들고 페달을 밟았다. 꽤 무거웠다. 한손으로는 핸들을 잡고 다른 한손으로 무거운 콜라를 마시는 게 쉽지는 않았다. 더욱이 가파른 언덕 구간이 아닌가. 다행히 콜라를 마시는 동안 선배가 뒤에서 밀어주었다. 이래저래 여러 번 반칙을 한 꼴이다.

가장 힘들게 여겨지는 마의 언덕을 그렇게 올랐다. 그러나 평속은 빠른 속도로 떨어졌다. 목표였던 30킬로미터를 지키지 못했다. 언덕 정상에서 확인한 평속은 29.8킬로미터였다. 전반의 36.9킬로미터를 생각하면 짧은 거리에서 너무 빠르게 평속이 떨어진 것이다. 그래도 가장 힘든 구간을 지나왔다는 것만으로 위안을 삼았다.

물론 앞으로도 힘든 구간은 첩첩산중이다. 대표적인 구간이 '낙타봉'이라는 별명을 갖고 있는 제2산복도로다. 오르막과 내리막이 계속해서 반복되는 코스다. 돈내코 언덕보다 힘들다고 할 수는 없었지만 나는 이 구간에서 더욱 고생을 했다. 초반에 무리를 한 데다가 갑자기 앞이 보이지 않을 정도로 엄청난 폭우가 쏟아지기 시작했기 때문이다. 비 때문에 시야가 확보되지 않는 것은 물론이고 노출된 피부가 아플 정도로 빗줄기는 엄청났다. 더욱이 바람이 워낙 거세서 사이클이 휘청거렸고, 사고의 위험과 두려움 때문에 속도를 내지 못했다. 워낙 힘을 주어 핸들을 잡다 보니 손까지 저리기 시작했다. 비의 양이 엄청나다 보니 고글 안쪽에 김까지 서려서 시야 확보가 더욱 어려웠다.

하필 그 시점에서 잠시 주춤하던 복통이 다시 시작되었다. 정말 모든 것에 화가 나는 순간이었다.

많은 선수들이 나를 추월해갔다. 갑자기 자신이 초라해지기 시작했다. 도 대체 지금 내가 여기서 무얼 하고 있는 것인가. 마치 빗속에 홀로 버려진 듯한 느낌이었다. 120킬로미터 지점을 넘어서도 언덕은 계속 나타났다. 기다리 고 기다리던 내리막은 언제 나타날 것인지 답답하기만 했다. 하지만 그토록 기다리던 내리막 구간도 맞바람이 거셌기 때문에 원하는 만큼의 속도는 얻지 못했다. 결국 평속도 만회하지 못하고 내리막 구간을 지나버렸고 이후에는 다시 오르막과 내리막이 반복되었다. 나뿐만 아니라 많은 선수들이 어려운 경기를 펼치고 있었다. 우리는 왜 이토록 힘든 길을 선택한 것인가.

바람과 구름, 그리고 행복한 길

가만히 생각해보면 이 모든 고통은 스스로 선택한 것이다. 그러나 나는 알 수 없는 유혹에 이끌려 에베레스트로 향하고 있었고, 철인3종 경기에도 도전하고 있었다.

많은 사람들이 철인3종 경기를 '자신과의 싸움'이라고 말한다. 그러나 자신과의 싸움이라는 표현은 나에게 썩 마뜩찮은 표현이다. 철인3종 경기는 자신과의 싸움이 아니라 '자신과의 동반주'다. 225킬로미터가 넘는 긴 거리를 뛰다보면 자기 자신은 싸워서 이겨야 하는 상대가 아니라 함께 보듬고 가는 상대라는 걸 깨닫게 된다. 뛰고 있는 자신과 그런 자신을 믿고 따라와주는 또 다른 자신을 발견하게 되는 것이다. 긴 레이스 속에서 이원화되는 자신을 발견하게 되는 것이라고나 할까. 그것은 어쩌면 평생을 나 하나만 믿고 힘든 길도 마다하지 않고 동행해준 아내 혹은 남편을 바라보는 시각과 비슷한 것일 게다. 그래서 '그'가 한없이 고맙고 더 사랑스러워지는 것, 그것이 철인3종 경기다.

아마 나는 산을 넘으면서도 그런 마음이었을 것이다. 오늘은 남체Namche 이전에 넘어야 하는 산 중에 가장 높은 산이 기다리고 있었다. 해발 3,500미터. 오늘도 몇 개의 산을 넘어야 하겠지만 3,500미터는 내 생애 처음 도전해보는 높이다. 그 산을 넘으면서 힘들어도 포기하지 않고 자신을 따라와주는 또 다른 나에 대한 고마움에 가슴이 먹먹해졌다. 그리고 그것은 곧 자신에 대한 연민으로도 이어졌다.

전날 저녁 충분히 다리를 마사지했지만 잠자리에서 일어났을 때는 역시 하체가 뻐근했다. 출발은 7시 20분경이었다. 대략 4시간 정도 산행을 하면 3,500미터 고지에 다다를 수 있을 것이다. 약 1시간 뒤 닥추Dagchu에 도착했다. 계곡에서 흘러나오는 샘물로 수통을 가득 채웠다. 이곳에서 다시 1시간 정도 올라가면 계엔Geyen에 도착한다.

앉았다 일어서기도 힘들었던 다리는 반복되는 근육운동에 적응이 되면서

뻐근한 느낌이 확연히 줄어들었다. 물론 여전히 고통스러웠지만 '견딜 만하다'고 자위했다. 저녁이 되면 여지없이 녹초가 되었지만 아침이 되면 다시 힘을 얻는 자신을 보면서, 도대체 어디에서 이런 체력이 나오는 것인지 신기할 따름이었다.

계엔에 도착한 시간은 9시 20분경이었다. 고도를 확인해보니 3,300미터. 집이라고는 겨우 5~6채 정도밖에 되지 않는 작은 마을이 동화처럼 자리 잡고 있다. 올라오면서 다른 산들에 가렸던 설산도 다시 보이기 시작했다. 설산은 언제나 가슴을 뛰게 한다.

그곳에서 3,500미터 고지를 넘는 데 무려 2시간이 소요되었다. 코스도 길었고 오르막과 내리막이 반복되었기 때문이다. 정상은 꽁꽁 얼어 있었다. 땀에 젖은 상의가 딱딱하게 얼어버릴 정도로 기온이 낮았다. 땀을 워낙 많이 흘려서 반팔 차림으로 산행을 하고 있었는데도 너무 지치고 무기력해져서 다른 옷을 꺼내 입을 기운이 없었다. 노출된 팔뚝이 붉게 얼었다. 한두 번 마주쳤던 일본인 트레커가 그곳에서 나를 앞질러 갔을 뿐, 다른 트레커도 보이지 않는 외로운 산행이었다. 마지막 사진을 촬영하고 필름을 교체해야 했지만 손이 곱아서 그러지도 못했다. 오로지 좀 더 따뜻한 땅을 찾아서 서둘러 아래로 내려가고 싶은 마음뿐이었다.

고도를 낮추면서 기온은 다시 올라갔다. 산을 내려간다는 것은 허무한 일이다. 사실 나는 에베레스트로 향하는 트레킹이 산을 오르고 또 오르는 일만 있는 줄 알았다. 점점 더 높은 곳으로만 올라서 끝내 베이스캠프에 도착한다고 생각한 것이다. 그러나 그것은 착각이었다. 이 트레킹은 산을 오르는 것이 아니라 산을 넘는 것이다. 본격적으로 고도를 높이는 것은 남체 이후부터이며 그 이전에는 하루에도 몇 개의 산을 넘어야 했다. 그러니 가장 허무할 때가 산을 내려가는 순간이다. 내려간다는 건 다시 산을 올라가야 한다는 뜻이기 때문이다. 산을 내려갈 때는 힘겹게 오른 모든 노력이 물거품이 되는 순간이다.

어떻게 오른 산인데,
다시 내려가야 한단 말인가.
그 순간처럼 허무할 때가 또 있었을까.

정상을 찍고 하산하는 중에 믿기지 않을 정도로 울창한 산림 지역을 지났다. 하늘이 보이지 않을 정도로 나무들이 우거져서 정글 속에 들어선 것 같았다. 마치 촉촉함을 강조하는 화장품 광고에 등장하는 숲의 모습과도 흡사했다.

히말라야에 나무와 숲이 전혀 없는 것은 아니지만 풍경의 대부분은 황량함이다. 설령 나무가 있는 구간을 걷는다고 해도 11월의 에베레스트는 건조하기 이를 데 없다. 때문에 이 숲을 지날 때는 잠시 어떤 장막을 통과해 다른 세계로 들어선 느낌이었다. 수량도 풍부해서 숲 사이의 계곡으로 많은 물이 흐르고 있었다. 어디선가 넝쿨을 잡고 타잔이 나타날 것 같기도 했고, 히말라야가 아니라 아마존이 아닐까 싶기도 했다. 그렇게 울창한 숲은 이전에도, 이후에도 만나지 못했다.

아름다운 코스는 이것으로 끝나지 않았다. 숲을 벗어나고 1~2시간이 지

난 뒤 나타난 능선은 그동안 지쳤던 심신을 일순간에 풀어주는 매력적인 길이었다. 능선은 산 정상 길은 아니었다. 산허리를 따라 걷는 긴 코스였다. 오르막과 내리막이 없으니 평지나 다름없다. 트레킹을 시작하고 이렇게 긴 평지는 처음이었다. 고도도 높아서 주변의 산세가 한눈에 들어왔다. 건너에도 산이 있고 멀리 앞에도 산이 자리 잡고 있다. 모두들 어깨를 나란히 하고 있어 높이를 가늠할 수는 없지만 세상 모든 것들을 다 품어주겠다는 듯 장엄하고 평화로웠다.

모처럼 '등산'이 아니라 '산책'을 하고 있자니 고단했던 지난 일이 싹 씻겨나가는 느낌이다. 산을 오를 때는 체력적으로 힘들어서 주변 경관을 감상하기 힘들었다. 산을 내려갈 때는 발길을 살피느라 다른 곳에 눈을 돌린 여유가 없었다. 그러다 평지와 다름없는 능선을 걷는 순간에야 비로소 히말라야의 깊은 산들이 눈에 들어오기 시작한 것이다. 길게 이어진 능선은 내가 살아온 삶의 궤적이라도 되는 듯 이쪽 산허리에서 저쪽 산허리까지 꼬리를 물고 있다. 내가 이렇게 아름다운 길들을 지나왔던 것인지 믿기지 않았다. 마음의 여유가 생기고 나니 소소한 것들에게까지 시선이 머물렀다.

그 순간만큼은 혼자서 길을 간다는 게 오히려 그렇게 행복할 수가 없었다. 이 모든 세상이 오로지 나만을 위해서 존재하는 것 같았다. 이런 길만 계속된다면 평생 걷기만 하라고 해도 그럴 수 있을 것 같았다. 돌아보건대 그 길은 트레킹 기간 중에 가장 아름다운 길이고, 가장 행복한 순간이었다. 오르고 올라도 끝이 없던 언덕이 아니라 걸어도 걸어도 끝이 없는 능선이었다. 산허리를 돌면서 몇 개의 산을 지났는지 몰랐다. 들뜬 마음을 어쩌지 못하고 널찍한 너럭바위에 앉아 조금 더 오래 행복을 만끽하기로 했다. 켄자에서처럼

젖은 채로 배낭에 들어있던 빨래를 꺼내 바위 위에 널었다. 크래커와 육포를 뜯어먹으며 유유자적 시간을 보내고 있자니 신선이 따로 없다.

내친 김에 낮잠도 자기로 했다. 빨래가 마르기를 기다리며 배낭을 베고 바위에 누웠다. 잠에서 깨어난 것은 어디선가 들려오는 말울음소리 때문이었다. 히히히잉~ 흑흑, 히히히잉~ 후욱, 후욱. 주위를 둘러보니 말 한 마리가 내 머리 위 언덕에서 나를 내려다보고 있다. 놀란 것은 나였는데 오히려 녀석이 쏜살같이 어디론가 사라져버린다. 그러고는 잠시 뒤 다시 모습을 드러내더니 나를 피해 밑으로 내려와, 내가 가야 할 길로 저만치 걷다가 서둘러 아래 숲으로 사라져버렸다. 설마 야생마는 아닐 테고 방목하던 말이 길을 잃었거나 저 혼자 너무 멀리 벗어난 것일 터였다.

그렇게 한 시간이 훌쩍 지나가 버렸다. 오후의 구름은 해를 삼켰다 토해내고 다시 삼켰다 토해냈고, 보이지 않는 계곡 깊숙한 곳에서 물소리도 들려왔다. 나무와 나무 사이를 헤집고 지나가는 바람소리도 아련하기만 했다. 하늘을 닮은 바람, 동쪽에서 몰려온 하얀 구름은 내가 바라보는 앞산 머리를 지나서 그 바람에 멀리도 흩어졌다. 조금씩 말라가는 빨래와 길게 이어진 능선. 사치스럽게도 나는 이 넓은 세상을 혼자 소유하고 있었다. 모든 것이 평화로웠고 산을 좋아하지 않는다고 단언했던 나도 어쩌면 산을 좋아하게 될지 모른다는 생각이 들었다.

다시 능선을 걷기 시작했다. 쉬었던 곳에서 고개 하나를 돌자 느닷없이
준베시Junbesi가 나타났다. 트레킹 4일째, 오늘의 목적지다. 마을 입구에는 작
은 사탑이 있고, 언덕 아래 아담한 마을과 학교가 보였다. 내가 지나온 숲과
능선처럼 그 모든 풍경들도 아득했지만 마을까지 내려가지는 않았다. 사탑을
지나 처음 만난 외딴집 한 채에 마음을 빼앗겼기 때문이다. 지은 지 그리 오
래되어 보이지는 않았지만 어느 정도는 농익어 있었고, 마을과 외떨어진 것
이 길의 의미를 갈구하는 구도자의 모습을 닮아 있었다.

집에는 노부부와 어린 여자아이 하나가 함께 살고 있었다. 아이가 손녀인
지 늦게 얻은 딸인지는 알 수 없었지만 노부부의 모습은 인자했고 아이는 밝
고 구김이 없었다. 방을 구경하기 위해 3층으로 올라갔다. 그곳에서 보이는
전경 또한 나무랄 데가 없다. 방을 얻고 식사를 주문했다. 아이는 노부부를

돕기 위해 뒷마당에서 한 아름의 장작을 가져왔다. 화덕에 불이 지펴졌고 장작 난로는 따뜻하게 실내를 달구어주었다. 창밖 화단의 꽃들도 늦은 오후의 빛을 고스란히 담고 있었다. 그들의 웃음과 몸짓, 한가롭고 소박한 주변 풍경들은 아무 욕심 없이 산장 생활을 하는 행복한 가족처럼 보였고, 어쩌면 아름다운 동화 같기도 했다.

마음 같아서는 하루쯤 더 묵고 싶은 집이었지만 갈 길이 바쁘지 않은가. 다음 날 아침 배낭을 짊어지고 집을 나섰다. 놀랍게도 마당에 있던 검둥이가 피를 흘리고 있었다. 정성스럽게 상처를 치료해주던 노인의 말에 의하면 밤 사이에 호랑이의 공격을 받았다고 했다. 흰색과 검은색 줄이 있는 네팔 호랑이라고 말한 것을 보면 우리가 알고 있는 호랑이가 아닌 표범 종류로 여겨졌다. 주인은 그 호랑이를 직접 보지는 못했지만 소리를 들었다고 했다. 다행히 검둥이의 상처는 생명에 지장이 있을 정도는 아니었다.

만년설에 덮인 설산은 아침부터 눈부시게 빛났다. 마을로 내려가자 사탑 하나가 수호신처럼 버티고 있었고 시골 분교를 닮은 작은 학교는 텅 빈 모습이다. 아직 하루 일과를 시작하지 않은 듯, 고요한 마을을 지나자 작은 계곡이 나타났다. 그리고 이 계곡을 지나면서부터 다시 언덕이 시작되었다. 언덕 정상에는 전날처럼 길게 능선이 펼쳐져 있었다. 마주 내리는 아침빛은 모든 것을 역광으로 빛나게 했고, 생동감과 신비로움이 가득했다.

그 어디쯤에서 문득 뒤를 돌아보았다. 건너편 산등성이에서 작은 집 한 채가 아침빛을 받으며 밝게 빛나고 있었다. 멀리서 보아도 아름다운 집이다. 역시 내가 머물렀던 집은 마을과 외떨어진 채 고즈넉하고 당당하게 자리 잡

고 있었다. 지금쯤 여행자를 떠나보내고 그들도 아침상을 맞이했을지도 모를
일이다.

나는 그들의 행복이 어디에서 오는 것인지 궁금했다. 버스가 닿는 가장
깊숙한 산속에서 시작한 트레킹이 나흘이 넘었다. 설령 그들의 발걸음이 나
보다 빠르다한들 그들 역시 버스를 타기 위해서는 최소 사나흘은 걸어야 한
다. 컴퓨터는 고사하고 텔레비전이나 라디오도 없으며, 세탁기도 없고 냉장
고도 없다. 만약 급한 환자라도 생긴다면 버스를 타기 위해서 꼬박 사나흘을
걸어야 하는 사람들. 아무리 봐도 부족한 것 투성이인 그들이다.

없어도 행복한 사람들과 풍요로워도 부족한 사람들. 행복이 소유와 전혀 무관하다고 말한다면 그것은 거짓일 게다. 그러나 그 두 가지가 정비례한다고 믿는다면 그것처럼 바보 같은 짓도 없을 것이다. 결국 행복은 '소유'보다는 '비움'에서 오는 것인지도 모른다. 물론 삶은 늘 부족한 것들로 이루어진다. 그런 부족함은 서울의 갑부나 네팔 산골의 노부부나 똑같이 느끼는 무게감이다. 누구든 2% 부족하게 사는 것은 당연한 일이니까.

10여 년 전에도 네팔을 여행한 적이 있었다. 그때 나는 '캐비'라는 이름을 가진 호텔 직원과 친구가 되었다. 사나흘 휴가를 얻어 그의 시골집에 함께 놀러가기도 했으니 그에 대해서 어느 정도는 안다고 해도 과한 말은 아닐 것이다. 그의 시골집 역시 내가 하루를 묵었던 준베시의 그들처럼 부족함 투성이었다. 아니다. 오히려 준베시의 가족에 비하면 그들이 훨씬 가난했다. 하지만 캐비의 얼굴에는 늘 어두운 구석이 있었던 반면, 시골집의 그들은 밝고 건강한 웃음을 간직하고 있었다.

객관적으로 비교해도 시골집의 가족보다는 도시에 살고 있는 캐비가 훨씬 더 풍요로움을 누리고 있었지만 표정은 오히려 시골집 식구들이 더 행복해 보였다. 캐비는 어떻게 해서든 더 큰 도시로 나가고 싶어했고, 할 수만 있다면 목돈을 벌 수 있는 외국에 나가려고 애썼다. 캐비는 많은 것을 가졌지만 자신보다 훨씬 많은 것을 가진 여행자들을 보며 살고 있었고, 시골 가족은 캐비보다 모든 것이 부족했지만 고만고만한 이웃들과 오붓하게 살아가고 있던 것이 차이였다.

어느 것이 정답이라고 말할 수는 없다. 우리 모두는 영원히 만날 수 없는 평행선 같은 삶을 사는 것인지도 모른다. 하지만 소유욕은 보는 것에서 시작

되는 것이다. 그리고 도시에서 살아가는 사람일수록 자신이 소유한 능력 이상의 것을 보며 살기 마련이다. 결국 자신을 불행하다고 느낄 소지는 도시인에게 더 많은 것이 아닐까.

하지만 이제 보지 않고는 살 수 없는 세상이 되었다. 그러니 행복하기 위해서는 비우는 연습이 필요하다. 위보다 아래를 보며 사는 삶, 그것이 도시인에게 필요한 덕목이다.

햇살이 대지를 비추고, 한적한 집 한 채를 비추고, 나의 발걸음을 비추는 아침. 나는 먼지를 털듯 미련과 욕심을 벗고 내 길을 가야겠다고 결심했다.

들어가서 죽자

2006년 8월, 한여름의 꿈도 마지막 보급소를 지나면서 후반으로 접어들고 있었다. 언덕 구간은 모두 끝났고 도로 상태도 매우 좋았다. 그것은 마치 그동안의 고생에 대한 보답 같기도 했다. 끝나지 않을 것 같았던 180.2킬로미터의 사이클 코스가 막바지에 접어들면서 이미 사이클 경기를 마치고 마라톤을 시작한 선수들이 보이기 시작했다.

골인 지점에서 진행요원에게 사이클을 전달하고 달리기 물품 백을 받아들었다. 바꿈터 천막에서 하의와 젖은 양말을 갈아 신었다. 경기복은 물론이고 양말과 사이클 신발까지 빗물에 젖어 발이 퉁퉁 불어 있었다. 6시간이 넘도록 핸들을 잡고 있던 손은 저렸고, 손가락에 힘이 없어서 동작이 더디고 어설펐다. 그래도 지긋지긋했던 사이클을 마치고 마라톤을 시작한다는 것만으로도 날아갈 듯 기뻤다. 이제 두 번째 게임이 시작된 것이다.

늘 그렇듯 출발은 나쁘지 않았다. 42.195킬로미터 풀코스 마라톤은 총 3회전으로 이루어져 있었다. 1회전이 대략 14킬로미터였고 목표로 잡은 4시간 기록을 위해서는 1회전에 1시간 20분 정도의 속도를 유지해야만 했다. 사실 이때까지만 해도—수영이 빠진 상태에서—10시간 완주라는 기록 달성이 가능하지 않을까 하는 기대를 가지고 있었다.

하지만 그리 오래지 않아 뱃속에서 불길한 신호가 오기 시작했다. 사이클을 타면서는 명치가 묵직해서 불편했는데, 이제는 그때와 달리 부글부글 끓는 느낌이다. 화장실을 가지 않고는 견딜 수가 없었다. 한편으로는 소화가 되는 징조 같아서 반갑기도 했다. 화장실에 가는 시간이 아까웠지만, 몇 분 투자(?)하고 나면 오히려 몸이 가벼워져서 마음껏 주로를 달릴 수 있을 것 같았다.

화장실에 가야겠다고 마음을 먹으니 배설 욕구에 대한 몸의 반응이 급속도로 빨라졌다. 그러나 주유소는 한참을 달린 후에 나타났다. 다행히 심각한 설사 증세는 아니었다. 몇 분을 소모하고 주로로 나왔다. 그러나 몸이 가벼워질 것이라는 기대와는 달리 기운이 몽땅 빠져나간 느낌이었다. 보급소에서 파워젤 하나를 짜먹었다.

반환점을 돌기 전에 또 한 차례 소나기가 지나갔다. 마른 신발과 양말로 주로를 뛰려던 계획은 물거품이 되고 말았다. 그러나 정작 문제는 소나기가 지나간 뒤였다. 소나기가 그치자 열기로 가득한 태양이 아스팔트 위로 내리쬐면서 주로는 엄청난 습기로 가득했다. 숨이 턱턱 막힐 지경이었다. 말라리아 환자라도 된 것처럼 기운이 하나도 없었다. 결국 얼마 달리지 않아 걷기 시작했다. 사이클을 타면서 오늘 '죽겠다'는 다짐을 했건만 1회전을 마치기도 전에 뛰는 걸 멈춘 것이다. 결코 걷지 않겠다는 다짐을 끝까지 지킬 수 있을지 의문이 들기는 했지만, 걷는 시점이 너무 빨리 찾아왔다.

어차피 젖은 몸, 잔뜩 올라간 체온을 낮추기 위해 보급소에서 물을 뒤집어쓰고 다시 뛰어보았다. 그래도 속도가 나지 않는 것은 물론이고 걷는 주기가 잦아졌다. 그렇게 1회전을 뛰는 데 1시간 36분이 소요되었다. 목표였던 1시간 20분과는 너무 거리가 먼 기록이다.

내가 1회전을 마칠 때, 마침 이 대회의 1위 선수가 골인을 하고 있었다. 그의 골인을 알리는 사회자의 요란한 축하 멘트가 이어졌고, 축포와 함께 풍선들이 하늘로 날아올랐다. 내게는 아무런 감흥도 없는 이벤트였다. 속은 계속 불편했고 힘도 없었다.

두 번째 회전을 시작하면서 주로에서 응원을 하고 있는 클럽 선배에게 '부채표 가스활명수'와 꽁꽁 언 '설레임'을 받았다. 설레임은 허리에 꽂고 가스활명수부터 마셨다. 속이 확 풀리기를 기대했는데, 마시자마자 곧바로 헛구역질이 나더니 기어코 중앙분리대의 야자수를 붙잡고 토악질을 했다. 사이클을 타면서 먹은 보급식들이 올라올 것이라고 생각했는데 전혀 소화되지 않은 배추들이 쏟아져나왔다. 날것이라고 해도 믿을 정도로 전혀 소화되지 않은 배추도 놀라웠지만, 그보다는 도대체 언제 먹은 것인지가 더 궁금했다. 기억을 더듬어 보니 아침에 죽을 먹으면서 반찬으로 먹었던 김치였다. 거의 12시간이 지났음에도 소화가 되지 않은 채 위장을 틀어막고 있었던 것이다.

보급소에서 입을 헹군 뒤, 녹아버린 설레임을 마셨다. 그러나 이것이 내 몸을 완전히 망치는 꼴이 되었다. 설레임을 먹자마자 가스활명수를 마셨을 때처럼 곧바로 구토를 했다. 역시 전혀 소화되지 않은 배추들이 다시 쏟아져

나왔다. 내가 아침에 먹었던 김치의 양이 그렇게 많을 줄은 몰랐다. 문제는 두 번째 구토 후에는 모든 장기들이 뒤틀려버렸다는 점이다. 아주 작은 흔들림에도 모든 장기들에서 통증이 느껴졌다. 뛰기는커녕 속보로 걷는 것 자체도 그 울림이 엄청 크게 다가왔다. 통증 부위도 명치 아래에서 뱃속 전체로 퍼져 이제는 물을 마시는 것도 두려웠다. 물만 마셔도 몇 분 뒤에는 어김없이 속이 뒤틀리는 통증이 찾아왔던 것이다.

이제부터는 하염없이 걸을 수밖에 없었다. 갈증이 나면 겨우 반 잔 정도의 물을 여러 번에 나누어 마셨다. 이를 악물고 뛰어보려고도 했지만 울림으로 인한 통증 때문에 뛰려는 시도는 번번이 실패로 돌아갔다. 사실 그 순간에는 마주 오는 선수들의 얼굴을 보고 싶지 않았다. 무참하게 무너진 모습을 보여주는 것이 싫었기 때문이다. 알량한 자존심이었다.

이미 걷기 시작한지 1시간이 넘었다. 이렇게 남은 거리를 모두 걷는다면 4~5시간 이상 소모될 것이고, 어쩌면 제한시간 안에 완주가 불가능할 수도 있었다. 수많은 생각이 오갔다. 솔직히 말하자면 지금 나의 상황을 실력으로 인정할 수가 없었다. 이 모든 것은 위경련으로 인한 통증과 후유증 때문이라고 생각했다. 봄부터 시작한 모든 훈련과 노력이 물거품이 되어 버린 것도 화가 났다. 하지만 선수가 자신의 몸을 관리하지 못한 것도 실력의 일부다.

기진맥진한 상태에서 땅만 보고 걷고 있는데 누군가 내 이름을 불렀다. 고개를 들어보니 클럽 선배였다. 그는 "힘들면 포기하는 것도 용기"라는 말로 위로하고 나를 추월했다. 손을 들어 답례하고 다시 생각했다. 제한시간 안에 완주가 가능한지도 의문이지만, 설령 완주를 한다고 해도 이렇게 완주하는 것이 과연 의미가 있을까.

하지만 누군가에게 포기하는 모습을 보여주고 싶지 않았다. 그것은 걷는 것보다 더 자존심 상하는 일이었다. 하지만 다른 한편으로 그런 생각도 들었다. 나는 지금 누구를 위해서 경기를 하고 있는 것인가? 나를 위해서인가, 아니면 남을 위해서인가?

어쩌면 나는 남에게 보여주기 위해 대회를 준비해 온 것인지도 모른다는 생각이 들었다. 인정하고 싶지 않았지만 냉정하게 생각할수록 나는 남에게 보여지는 것을 위해 대회를 준비했고, 이 순간도 나 스스로와의 교감보다는 남의 시선을 더욱 의식하고 있었다. 냉철한 판단 뒤에는 착잡함이 뒤따랐다. 신중하게 포기를 생각했다. 그리고 이쯤에서 포기하는 것이 더욱 멋진 결정일 것이라는 생각도 들었다. 일단 이미 시작한 2회전은 마치기로 했다. 그 뒤에 깨끗하게 포기할 것인지, 아니면 나머지 한 바퀴를 돌 것인지 결정하기로 했다.

2회전을 마치고 반환점에 도착했다. 포기를 하려면 여기서 마쳐야 했다. 이곳을 지난다면 뛰든지 걷든지 다시 이곳으로 돌아오기 위해서는 완주를 해야 했다. 스스로에게 다시 물었다.

오늘 나는 누구를 위해 뛰고 있는가?

포기를 신중하게 고려하고 있는 이 순간까지 비겁할 수는 없었다. 지금까지의 모든 경기가 남을 의식한 몸부림이었다면 결과적으로 오늘 나의 경기는 실패였다. 원인이 무엇이든 남들에게 처참하게 무너진 모습을 보여줬기 때문이다. 모든 것을 인정하고 나니 마음이 한결 가벼워졌다. 지금까지의 모든 경기가 남을 위한 것이었다면 이제부터라도 나를 위해 뛰고 싶었다. 남은 14킬로미터만이라도 나를 위해 달리고 싶었다. 그래, 이제부터는 나와 이야기하면서 남은 거리를 즐기자! 진짜 경기는 이제부터다!

몸도, 마음도 날아갈 것처럼 가벼워졌다. 용기를 내서 뛰어보았다. 마음 같아서는 전력질주라도 할 수 있을 것 같았는데 몇 백 미터 뛰지도 못하고 다시 복통이 시작되었다. 잠시 흥분해서 '오버'를 한 것이다. 복통이 잠잠해질 때까지 걸어야 했다. 그리고 복통이 사라진 뒤부터 아주 천천히 달리기 시작했다. 아무리 느려도 걷는 것보다는 뛰는 것이 빨랐다.

날이 어두워졌다. 어느새 가로등이 밝혀졌고 부산했던 주로는 처음 달리기를 시작할 때처럼 다시 한산해지고 있었다. 많은 선수들이 이미 경기를 마쳤다는 증거였다. 어느 순간 뛰기를 멈추고 다시 걷고 있을 때였다. 누군가의 응원 소리에 고개를 들어 보니 나와 반대편에서 레이스용 휠체어를 힘겹게

돌리는 외국인 장애인 선수가 보였다. 그는 오르막에서 밑으로 밀리지 않기 위해 안간힘을 쓰고 있었다. 그때까지 나는 한 번도 그 선수를 보지 못했다. 내가 비몽사몽간에 레이스를 펼치고 있던 것이 분명했다. 달리기를 하면서 그 선수를 한 번도 보지 못했기 때문에 나는 그 선수가 이제야 사이클을 마치고 결승점으로 가는 것인 줄 알았다. 하지만 이미 사이클 제한 시간이 넘은지 한참이었다. 그도 나처럼 사이클을 마치고 마라톤 구간을 달리고 있는 선수였다.

그와 마주친 순간은 매우 짧았지만 자꾸 뒤통수가 저려왔다. 휠체어 바퀴를 돌린 뒤, 언덕 아래로 밀리지 않기 위해 재빠르게 다시 바퀴를 움켜쥐던 모습이 자꾸만 눈에 어른거렸다. 마음 깊은 곳에서 그를 응원했다. 잘은 모르겠지만 그 응원에는 우리 모두 힘든 경기를 펼치고 있는 선수라는 동료애가 포함되었던 것 같다. 그에게 실례가 될지는 모르겠지만 나는 그를 통해서 다시 한 번 용기를 얻었다. 붕대로 칭칭 감은 그의 손을 생각하며 나는 다시 뛰기 시작했다.

또 얼마만큼의 시간이 지났을까. 늘 함께 운동하던 선배 한 명이 나를 추월했다. 선배가 나를 돌아보며 말했다. "들어가서 죽자!" 나를 격려하기 위한 말이었지만 사실 그렇게 말한 선배의 얼굴을 보면서 나는 살짝 웃음이 났다. 들어가서 죽자는 사람의 얼굴이 이미 초죽음이 되어 있었기 때문이다. 벌써부터 다 죽어가는 사람이 들어가서 죽기는 뭘 죽자는 것인가. 그러나 입가에 머물던 얇은 웃음은 잠시였고, 어둠 속으로 멀어지는 선배의 뒷모습을 보면서 그동안 참았던 눈물이 왈칵 쏟아지고 말았다. 주체할 수 없을 정도로 눈물이 흘렀다. 운동을 시작한 이후 그 순간처럼 울었던 적은 없었다. 이를 악물지 않으면 입에서 꺼억꺼억 소리가 날판이었다. 밖으로 새어나오는 소리를 억지로 참으려니 나중에는 목이 갈라지는 것처럼 아팠다. 그래도 눈물은 멈추지 않았다. 애써 참지도 않았다. 그래, 실컷 울어버리자. 그 눈물의 의미를 몇 개의 단어나 문장으로 표현하는 것은 불가능한 일이다. 콧물까지 줄줄 흘리며 울고나니 뛰어야겠다는 생각이 다시 들었다. 이 무슨 바보 같은 모습이란 말인가.

그렇게 난리블루스를 치고나니 어느덧 반환점에 도달했다. 이제 돌아갈 일만 남은 것이다. 물을 마시지 못한지 오래여서 입술이 바싹바싹 마르고 있었다. 몸은 어느새 차갑게 식어서, 온몸에 물을 뿌리며 열기를 감당하지 못하는 다른 선수들과 달리 보급소를 지날 때마다 그들이 뿌리는 물을 이리저리 피해야 했다. 그 와중에도 가끔씩 이마에서 땀이 흘렀는데, 더위 때문이 아니라 식은땀이었다.

오늘의 결승점인 월드컵 경기장이 멀리 보이기 시작했다. 고통스런 레이스도 끝을 보이고 있었던 것이다. 전날 저녁에는 골인 세레모니를 어떻게 할 것인지 고민했었는데 이제는 결승 구간을 뛰어서 들어갈 수 있을지를 걱정하게 되었으니 처량하지 않을 수 없었다. 그래도 조명이 밝게 켜진 월드컵 경기장이 차츰차츰 가까워지면서 많은 것들이 정리되는 느낌이었다. 기록은 좋지 않았지만 기쁜 마음으로 결승점을 통과해야 할 이유는 얼마든지 있었다. 끝까지 포기하지 않고 달렸던 것도 기쁜 일이고, 남의 시선으로부터 나를 자유롭게 한 것 또한 큰 소득이었다.

결승점이 가까워질수록 하늘로 울려퍼지는 풍악소리가 커졌고 주로에서 응원하는 사람들의 숫자도 많아졌다. 파이팅을 외쳐주는 그들의 응원은 늘 진심이 담겨 있어 기쁘다. 이윽고 그들 관중 사이를 달려서 마지막 결승점 구간에 들어섰다. 외국인 사회자가 어색한 발음으로 내 이름을 부르는 동안 나는 두 손을 높이 들고 결승점을 통과했다. 그렇게 그날의 경기는 끝이 났다.

사이클 6시간 10분, 마라톤 6시간 27분. 그날 나의 기록이다. 사이클보다 마라톤을 더 오래 달린 기형적인 레이스였지만 조금도 부끄럽지 않았다. 기회는 언제든 있는 것이고, 예기치 못한 변수는 늘 존재하기 마련이다. 삶은 늘 예측불허이고, 나는 최소한 한 뼘 정도는 자랐을 것이다.

트레킹 닷새째가 되면서, 불행하게도 나의 무릎은 오르막을 오를 때보다 평지를 걸을 때 더욱 통증이 심했다. 이해하기 어려운 일이었지만 하체 관절이 언덕을 오르도록 진화된 것일지도 모른다는 생각이 들기도 했다. 물론 어처구니없는 생각이다. 통증은 오른쪽 무릎 바깥 부위에 집중되었다. 걸음을 옮길 때마다 마치 송곳으로 콕콕 찌르는 느낌이었다. 트레킹이 끝나도 후유증이 남는 것은 아닌지 걱정되었다.

더 불길한 것은 전날부터 약한 고산병 증세까지 시작되었다는 점이다. 언덕을 오르거나 사진을 찍기 위해 잠시 숨을 멈추고나면 몇 초 동안 두통이 뒤따랐다. 증세가 심하지 않았지만, 그것은 나중에 닥칠 엄청난 고통의 복선과도 같은 것이었다. 하지만 한치 앞을 모르던 나는 그 증세들을 무시하고 산행을 계속했다.

오후 4시가 넘어 눈탈라Nuntala에 도착했다. 낮에 산 하나를 넘으면서 제법 커다란 티베트 사원을 만났다. 사원 증축을 위해 모두들 바쁜 모습이다. 몇 장의 사진을 찍었지만 하루 종일 흐린 날씨라 노출 확보에 애를 먹었다. 어찌나 구름이 짙은지 바로 앞산도 보이지 않을 정도로 시계가 좋지 않았다. 덕분에 3,000미터가 넘는 산을 넘으면서도 땀은 흘리지 않았다.

눈탈라에서 늦은 점심을 주문했다. 사실 오후 4시면 트레킹을 마칠 시간이고 눈탈라는 그날 머물기로 예정된 마을이다. 그러나 나는 다음 마을까지 가볼 생각이었다. 마을 끝까지 가봤지만 Y를 만나지 못했기 때문이다. 경험이 풍부한 Y와 내가 트레킹을 같이 한 것은 아니지만 아침에 그가 앞서가더라도 저녁이 되면 늘 숙소를 먼저 잡고 기다리고 있었다. 그래서 Y와 나는 트레킹은 각자의 능력에 따라 조절되었지만 잠자리는 항상 같은 숙소를 이용했다. 그러나 오늘은 오후 4시가 되어서 도착한 눈탈라에서 녀석을 만나지 못한 것이다. 더 멀리 갔거나 내가 티베트 사원에서 시간을 보내는 사이 길이 엇갈려 어쩌면 나보다 뒤에 있을 가능성도 있었다. 다음 마을은 대략 30분 정도 소요될 것으로 예상되었다. 식사를 마치고 다시 길을 걷기 시작했다.

주빙Jubing에 도착한 것은 4시 50분경. 하지만 그 사이 해는 완전히 져서 칠흑 같은 어둠이 깔렸다. 이 마을에서도 Y는 만나지 못했다. 녀석을 완전히 놓친 것이다. 이렇게까지 나를 앞서가지는 못했을 것 같았지만, 그렇다고 뒤처졌다고 판단하기에는 석연치 않은 점들이 많았다. 여러 가능성을 두고 추리를 해보았지만 골치만 아팠다. 아무 사고 없이 어디선가 안전하게 잠들고 있기만을 바랐다.

주빙의 숙소는 그동안 묵었던 곳과 비교할 수 없을 정도로 열악했다. 고급스런 숙소를 찾는 것은 아니었지만 너무 열악해서 입이 다물어지지 않았다. 구멍이 숭숭 뚫린 판자로 칸을 막아 방을 만들었고, 그나마 판자 사이가 엉성해서 마치 수용소 시설처럼 보였다. 사람 하나 겨우 누울 수 있는 좁은 공간에 간이용 침상을 놓고 '싱글 룸'이라고 이름을 붙였다.

샤워실도 마찬가지였다. 바닥은 흙 위에 자갈을 깔았을 뿐이고, 계곡에서 흘러오는 물을 호스로 연결해놓아서 수도꼭지도 없는 관에서 쉬지 않고 물이 떨어졌다. 바닥에 온통 흙탕물이 튀어서 샤워를 하는 것인지 흙구덩이에 서 있는 것인지 구분할 수가 없을 정도였다. 보통은 샤워실 지붕에 통을 만들어 놓고, 한낮의 태양열을 이용해 미지근하게나마 물을 데우고는 하는데 이 집은 그것마저도 없었다. 마을에는 집들이 몇 채 되지도 않아서 다른 숙소가 있을 것 같지도 않았다. 다음 마을은 2시간이나 떨어져 있고, 어둠 속에서 산길을 걷는 것은 매우 위험한 일이다. 이런 숙소라면 음식 역시 형편없을 것 같았다. 그래서 가장 안전한(?) 네팔 라면과 삶은 달걀 2개를 주문했다.

더욱이 주인 남자가 나를 보는 시선이 매우 불쾌했다. 그것은 어쩌면 불길함, 혹은 불안감 같은 것인지도 모른다. 처음 숙소에 들어섰을 때 그는 내 얼굴보다 어깨에 걸려 있던 카메라를 먼저 보았었다. 식당에서도 카메라에서 눈을 떼지 않더니 방까지 따라 올라와서는 내려갈 생각을 하지 않았다. 그의 입에서는 "나이스 카메라"라는 말만 반복되었다.

나는 분실 위험을 넘어 더 나쁜 가능성까지 떠올렸다. 카메라에 욕심이 생긴 그가, 내가 잠든 사이 해코지를 할지도 모른다는 불안감이 밀려든 것이다. 사실 그 방은 밖에서도 안이 훤히 들여다보일 정도로 허름한 널빤지 몇 장으로 벽을 만든 엉성한 구조였다. 마음만 먹으면 아무런 장비 없이 약간의 힘만으로도 문을 밀칠 수 있었다. 내게 무슨 사고가 생긴다고 해도 주인만 함구하면 세상에 알려질 가능성은 거의 없었다. 어쩌면 이 방 역시 그런 범죄를 저지르기 위해 엉성하게 만들었는지도 모른다는 생각에 이르자 불안해서 도무지 잠이 오지 않았다. 생각이 거기까지 미치자 왠지 다른 방은 내 방보다 안전한 방처럼 보이기도 했다. 결국 이 방은 밤늦게 찾아온 여행자 중에, 특별한 목적을 갖고 의도적으로 내주는 그런 방이 아닐까 싶었다.

나는 카메라를 베개로 이용하고, 삼각대를 길게 펴서 침대 옆에 두었다. 만약 나쁜 상황이 벌어지면 호신용으로 이용할 생각이었다. 그러고도 아래층에서 인기척이 들리지 않을 때까지 잠을 잘 수 없었다.

다음 날 아침, 무사히 잠에서 깨어난 뒤 주섬주섬 짐을 챙겼다. 이곳 음식을 믿을 수 없어 곧바로 출발하려고 했으나 전날 저녁으로 라면과 삶은 달걀을 먹은 탓에 배가 고팠다. 고민이 없었던 것은 아니지만 한번 믿어보자는 마음으로 야채볶음밥을 주문했다. 예상은 적중했다. 야채볶음밥이라고 나온 것이 깻잎을 닮은 이파리 몇 장 들어간 게 전부였다. 사실 그건 야채로 보이지도 않았다. 모양도 처음 보는 것이었고 맛도 이상했다. 기실 아무 곳에나 자라는 잡초가 분명했다. 배가 고팠음에도 불구하고 어찌나 맛이 없었는지 더는 먹을 수가 없었다. 그나마 라면을 함께 주문해서 다행이었다.

수통이 비었으나 숙소를 나서면서 물도 받지 않았다. 물이 나오는 플라스틱 관 주변이 어찌나 더러운지 하수구나 다름없었다. 처음부터 끝까지, 최악으로 시작해서 최악으로 끝난 숙소였다. 덩달아 주빙까지도 다시는 기억하고 싶지 않은 단어가 되고 말았다.

13
꽃

검은 지붕 위에 붉은 꽃잎이 가득했다.
더러는 바닥에 떨어지기도 했다.
꽃에는 지는 꽃과 시드는 꽃이 있구나, 싶었다.

채 시들기 전에 몸을 던져,
끝내 아름다움으로 남는 꽃.
목이 휘어질 때까지 줄기에 매달려,
끝끝내 말라비틀어지고 마는 꽃.

조금 일찍 떠나더라도
시드는 꽃보다는 지는 꽃이 되어야겠다.
그래서 이별하는 순간까지
고고한 잎 고이 간직하고 붉게 떠나야겠다.

4 지게꾼, 그대들에게 나마스떼

아침에 출발할 때 고도계에 딸린 온도계는 섭씨 10.3도를 가리키고 있었다. 쌀쌀했지만 반팔 셔츠만 입고 출발했다. 출발부터 오르막이었기 때문에 곧 땀이 날 게 뻔했다. 아주 조금이지만 설산도 보였다. 산 하나만 넘으면 코앞에 다가올 듯싶은 설산. 그러나 제대로 된 설산 아랫마을인 남체에 도착하려면 아직도 2~3일은 더 가야 한다.

산을 오르다 뒤를 돌아보면 내가 어찌 저 산들을 넘어온 것인지, 정말 저 산들이 내가 넘어온 산들인지 믿기지 않았다. 그 산들은 분명 미치지 않고서는 넘을 수 없는 산들이었다. 나도 모르게 "미쳤어, 미쳤어"라는 말이 입 밖으로 튀어나오고는 했다. 무릎 통증은 여전했고, 이제 움직일 때마다 책상 모서리에 부딪치는 느낌이 들 정도로 통증이 극심했다.

전날 Y는 카레^{Kare}에서 묵었다.

마침 밀크티 한 잔을 마시며 휴식을 취하려고 들렀던 가게 주인으로부터 알게 된 사실이다.

그 가게는 언덕 중간에 홀로 서 있었고, 가게 앞은 딱 한 명이 걸어갈 수 있는 좁은 길이었다. 하지만 주변 시야가 툭 터져서, 마치 제주의 어느 오름 중간쯤에 턱하니 홀로 놓인 모양새였다. 그런 풍경에 익숙하지 않은 나는 영화 촬영을 위해서 인위적으로 만들어놓은 세트장 같다는 생각을 했다. 멋진 가게였다. 더욱이 주인 남자는 가게 앞 테라스에 앉아 유럽의 부호가 별장에서 여유를 즐기는 것처럼 그럴싸한 포즈를 취하고 있었으니 그냥 지나칠 수가 없었다. 그가 하루 종일 하는 일이라고는 지나가는 사람들과 눈인사를 나누는 것이 전부일 것 같았다. Y가 오늘 이 앞을 지나갔다면 알아보았을 게 분명했다.

"혹시 오늘 동양인 남자 혼자 지나가는 것을 보았나요?"

"수염 기른 남자요? 까맣고, 짐도 거의 없고?"

반가웠다. 그가 말하는 남자는 Y가 분명했다.

"어제 여기서 잤습니다. 아침 일찍 떠났죠."

입에서 욕이 튀어나올 뻔했다. 약속을 한 것은 아니지만 저녁마다 숙소에 먼저 도착해서 기다리던 놈이 나를 버리고(?) 여기까지 와서 잠을 잔 것이다. 나는 그것도 모르고 혹시 무슨 일이 생긴 건 아닌지, 행여 길이 엇갈려 나보다 뒤처져서 나를 기다리고 있는 것은 아닌지 걱정을 했으니 화가 나면서 약도 올랐다. 그래도 한편 다행이었다. 아무 일 없이 나보다 앞서 가고 있다는 것을 확인했으니⋯.

그 산 정상에서 지게꾼 꼬마 녀석을 만났다. 기껏 열댓 살 정도 되었을 법
한 녀석은 벌써부터 아버지를 따라 그럴듯한 지게꾼이 되어 있었다. 녀석의
지게에는 시퍼런 오렌지가 가득 실려 있었다.

　　녀석은 대뜸 내게 오렌지를 사라고 했다. 하나에 10루피. 그러더니 너무
세게 불렀다고 생각했는지 스스로 반을 뚝 잘라서 5루피로 깎았다. 나는 세
개를 집어들고 10루피를 불렀다. 그랬더니 이번에는 녀석이 한 개를 집어 들
고 이렇게 말했다.

　　"4루피!"

　　어린 녀석이지만 장사꾼 기질이 다분했다. 옆에 있던 그의 아버지도 우리
의 흥정을 지켜보기만 할 뿐 간섭이나 중재는 하지 않았다. 아마도 지게를 지
고 험한 산을 오르는 고행 같은 길이니 어린 아들이라고 해도 스스로 자신의
대가를 결정하고 받아낼 수 있을 것이라고 믿는 것 같았다. 설령 불리한 흥정
으로 이문을 적게 남기게 되거나, 욕심을 부리다가 거래에 실패를 하게 된다
고 해도 그것은 아들 스스로의 몫이라고 여기는 듯했다. 사실 어린 나이부터
냉혹한 삶의 현장으로 내몰리는 것은 매우 서글픈 일이지만, 차라리 현실이
그렇다면 노동력을 착취 당하는 것보다는 이렇게 자립적인 방식이 더 바람직
하다는 생각이 들었다.

　　결국 나는 녀석이 부른 4루피에서 한 푼도 깎지 못하고 20루피를 주고 다
섯 개의 오렌지를 샀다. 처음에는 여섯 개의 오렌지를 집어들고 30루피를 내
밀었지만 녀석에게는 거스름돈으로 필요한 6루피가 없었다. 그래서 두 개를
더 집어들고 30루피에 하자고 제의했지만 녀석은 단호히 거절했다. 그래봐야
2루피를 깎는 것이고 녀석의 지게에 수백 개의 오렌지가 담겨 있는 것을 생각

하면, 여덟 개나 사면서 추가로 깎는 그깟 2루피 정도는 아무것도 아닌 듯했지만 녀석에게는 분명한 선이 있는 것 같았다.

녀석과 거래를 마친 뒤, 내가 카메라를 들어보였다. 사진을 찍어도 되겠느냐는 물음이었다. 녀석은 흔쾌히 고개를 끄덕였다. 뷰파인더 너머에서 녀석은 살짝 웃고 있었고, 그의 오른쪽으로는 하얀 설산이 보였다. 며칠 후에 내가 올라야 할 산이다. 사진을 찍고 나니 이번에는 녀석이 직접 나를 찍어보고 싶단다. 필름만 낭비할 게 뻔해서 머뭇거렸지만 녀석은 한사코 우겨댔다. 살짝 장난기가 발동한 나는 녀석에게 새로운 거래를 제의했다.

"10루피."

녀석이나 나나 그의 아버지까지 한바탕 웃고 말았다. 그래도 호락호락 카메라를 넘겨줄 수는 없었다. 나는 새로운 가격을 제시했다.

"5루피."

반이나 뚝 잘라 주었는데도 돈은 줄 수 없고 사진만 찍어보겠단다. 결국 나는 녀석의 아버지와 모델이 되어 녀석에게 사진을 찍히고 말았다.

길이 멀어질수록 물자는 귀했고, 고도가 높아질수록 삶은 척박했다. 그래서 생긴 사람들이 지게꾼들이다. 사실 산을 오르면서 만나는 지게꾼들이 아니었다면 나의 길은 무척 외로웠을 것이다. 며칠 동안 트레커를 만난 것은 두세 번에 불과했으며, 나는 거의 매일 먼 길을 혼자서 걸어야 했기 때문이다. 하지만 험한 산을 오르는 지게꾼들을 보는 마음은 편할 수가 없었다. 배낭 하나 둘러메고 오르기에도 버거운 길을 그들은 자신의 몇 배는 됨직한 짐들을 지고 올랐다.

그들의 짐에는 매우 다양한 물건들이 담겨 있었다. 꼬마 녀석처럼 오렌지나 과일이 담겨 있는 경우도 있었고, 치즈나 곡물이 들어 있기도 했다. 그런가하면 다양한 생필품과 공산품을 지고 다니는 지게꾼도 있었다. 각자 돈이 될법한 물품을 택해 깊은 산중으로 들어가면서 가게나 주민들에게 판매하는 것이 그들의 일이다. 가진 것도, 배운 것도 없는 그들이 오늘을 살기 위한 고단한 방편들이다. 그들의 최종 목적지는 대부분 남체다. 산중 마을 치고는 제법 큰 장이 서는 그곳에서 남은 물건을 파는 것이다. 그러니 힘이 닿는 한 최대한 많은 짐을 지게에 담을수록 더 많은 수입을 챙기는 것은 당연한 일이다. 때문에 그들의 지게는 늘 적재량을 초과한 형국이었다. 그들 중에는 오렌지를 지고 가던 녀석처럼 어린아이들도 심심치 않게 만날 수 있었고, 심지어는 여자아이들도 있었다. 더욱 놀라운 것은 맨발로 산을 오르는 지게꾼도 있다는 사실이다.

나는 매일 아침 지게꾼들 때문에 잠에서 깨어났다. 그들은 지팡이를 필수품으로 갖고 다녔는데, 그것은 험준한 산에서 매우 유용한 도구였다. 그들이 돌이 깔린 길을 걸을 때는 그 지팡이 때문에 딱! 딱! 딱! 규칙적인 소리가 들렸다. 숙소가 있는 마을길은 대부분 널찍한 돌들이 깔려 있었기 때문에 그들이 숙소 앞을 지날 때는 여지없이 지팡이 소리가 들렸다. 하지만 그 시간은 해가 뜨기 전이었다. 딱! 딱! 딱! 소리에 잠에서 깨고 보면 늘 창밖은 어둠이 걷히기 전이었다.

나는 언제나 해가 지기 직전까지 산행을 한 뒤 숙소를 구했다. 힘겨운 그 날의 산행을 마치고 저녁을 먹을 때는 항상 어둠이 내린 다음이었다. 그러나 해가 진 뒤에도 지게꾼들의 걸음은 멈추지 않았다. 저녁을 먹을 때도 식당 밖에서 그 규칙적인 지팡이 소리가 들렸다. 그들은 해가 뜨기 전부터 산을 오르고, 해가 진 뒤에도 위태로운 길을 가고 있었다.

한번은 저녁을 먹고 밖에 나갔다가 언덕을 올라오는 지게꾼을 본 적이 있었다. 기껏 열댓 살이나 됨직한 소년이었다. 지게를 지고 산을 오르는 것이 일상이 되었음에도 언덕을 오를 때는 열 걸음 오르고 쉬고, 다시 열 걸음 오르고 쉬기를 반복했다. 그렇게 힘겹게 언덕을 오른 지게꾼은 마을 앞 그루터기에 아주 오래도록 앉아 있었다.

그러나 그의 걸음은 마을에서 멈추지 않았다. 한참의 휴식 후 자리에서 일어섰지만 그는 쉽게 지게를 다시 지지 못했다. 망설이듯 몇 분을 더 멍하니 지게를 내려다보더니 이윽고 지게를 다시 짊어졌다. 그리고 계속해서 산을 올랐다. 마을을 지나면 2시간이나 더 가야 다음 마을을 만날 수 있었다. 이미 해는 져서 어둡고, 해가 사라지면서 기온도 급격히 떨어졌는데 어디를 더 가려는 것일까.

나는 미행이라도 하듯 지게꾼의 뒤를 밟았다. 소년은 남은 언덕을 오르면서도 몇 번이고 걸음을 멈추었다. 그가 휴식을 위해 걸음을 멈출 때마다 나는 등을 돌렸다. 마음 같아서는 그의 짐을 나누어 지고 싶었지만 그럴 만한 상황은 아니었다. 차라리 못 본 척하는 것이 나을 것 같았다. 어쩌면 그것은 이미 붉어진 내 눈을 숨기려는 행동이었는지도 모른다. 안개인지 구름인지 알 수 없는 하얀 것이 달빛 아래를 지나고 있었고, 나는 이미 그가 걸음을 멈출 때마다 가슴이 먹먹해져서 참지 못한 눈물을 찔끔찔끔 흘리고 있었다. 바보다.

그가 언덕을 넘어 컴컴한 산허리를 돌고서야 그의 목적지가 어딘지 알 수 있었다. 산길 모퉁이에는 먼저 도착한 어른들이 음식을 만들고 있었다. 돌덩

이 2개를 고이고 검게 그을린 냄비를 올려둔 채였다. 소박하다고 말하기에는 너무 궁색한 음식이었다. 그들에게는 음식을 사먹는 것조차 사치였다. 그리고 그곳이 그들의 잠자리였다. 그들은 그렇게 나뭇가지를 꺾어다 직접 밥을 해먹고, 추운 산중에서 노숙을 하며 산을 오르고 있었다. 꼭 못 볼 것이라도 본 사람처럼 마음이 무거웠다.

　나는 망설임 끝에 무례하게도 지게를 져봐도 되는지 물었다. 그들의 허락을 받고 지게를 졌지만 자리에서 일어서는 것은 불가능했다. 양쪽에서 2명이

부축을 하고서야 겨우 일어설 수 있었다. 그 순간, 내 삶의 그 어떤 불평도 이들 앞에서는 엄살이 되고 말았다.

지게 위에는 작은 카세트가 달려 있었다. 힘든 길을 가는 그들의 유일한 위안이자 여흥이다. 하지만 소년의 카세트는 고장 나서 작동이 되지 않았다. 능력만 있다면 어떻게 해서든 그 카세트를 고쳐주고 싶었다. 그러나 드라이버 하나 없었던 것은 말할 것도 없고, 게다가 나는 기계치다.

나는 그날 이후 지게꾼들을 만날 때마다 "나마스떼" 하고 인사를 건넸다.

내 진심이었다. 산을 오르는 것이 그들의 직업이지만 그들 대부분은 나에게 늘 추월을 당했다. 살아온 시간과 살아갈 시간을 합한 것보다도 무거운 짐을 진 그들을 추월할 때마다 나는 알지 못하는 죄책감에 시달렸다. 그들을 앞지를 때마다 그렇게 미안하고 죄스러울 수가 없었다. 나의 산행이 아무리 힘들다고 해도 그들의 걸음보다 버거울 수는 없었다. 힘겨운 그들 삶 앞에서 너무도 멀쩡히 추월하는 것은 못할 짓 같았다. 그래서 괜히 그들 앞에서는 웃어 보이기도 하고, 어떨 때는 애써 힘든 척 인상을 쓰기도 했다. 어리석은 짓이 었는지는 모르겠지만, 우리 모두는 힘든 길을 가는 가엾은 인생이란 동질감을 주려고 애써 그런 표정을 지어보이곤 했던 것이다.

한편 이기적이게도 다시는 내 앞에 나타나지 않았으면 좋겠다는 생각도 했다. 그래서 다시는 나를 슬프게 하지 않았으면 좋겠다고, 누군가의 피할 수 없는 인생을 바라보며 슬퍼하는 것은 어리석은 일이라고도 자신을 훈계하고 또 훈계했다. 하지만 트레킹 내내 그들을 만나는 것은 불가피한 일이었다.

누군가는 살기 위해 가는 길을 나는 고생을 사서하며 간다는 것, 어려운 문제였다. 언젠가는 그들도 편안한 삶의 어딘가에 안착하기를 바랐고, 다시는 이런 힘든 인생으로 태어나지 않기를 희망했다. 그래서 그들 발걸음을 앞질러갈 때마다 내 삶에 용서를 구하며 산을 올라야 했다.

도전하는 삶은
아름답다

처음 철인3종 경기에 입문한 것은 2003년 11월이다. 수영, 사이클, 마라톤 그 어느 것 하나 경험이 없는 상황에서 오로지 철인3종 경기를 목적으로 수영장에 등록했다. 그것이 시작이었다. 이후 운동화는 다 같은 줄 알았는데 마라톤화가 따로 있다는 것도 알게 되었고, 승용차보다 비싼 사이클이 있다는 것도 알게 되었다.

첫 대회는 2004년 5월이었다. 이후로도 나는 몇 년 동안 제법 많은 대회에 나가서 늘 무사히 완주할 수 있었다. 간혹 무모함으로 여겨지기도 하지만, 도전정신은 늘 새로운 것을 찾아나선다는 특징이 있다.

수영 3.8킬로미터, 사이클 180.2킬로미터, 마라톤 42.195킬로미터로 이루어진 철인3종 경기가 대회의 일부에 불과한 경기가 있다. 바로 '챌린지컵'이라는 신생 대회다. 챌린지컵은 1년에 걸쳐 4차전을 치룬 후 최종 승자를 가리는 대회다. 1차전은 봄에 열리는 '24시간 마라톤'이며 2차전이 앞서 말한 철인3종 경기로 여름에 열린다. 가을에는 3차전 '100킬로미터 아웃리거 카누'가 기다리고 있고, 마지막으로 겨울에 4차전인 '100킬로미터 스키 크로스 컨트리' 경기가 펼쳐진다.

나는 많은 고민 끝에 제2회 챌린지컵에 참가신청을 했다. 다양한 경기 종목 특성상 전년도 참가 인원은 9명이었고, 최종 4차전까지 남은 사람은 단 한 명이었다. 모두들 중도에 경기를 포기한 상태에서 유일한 생존자가 곧 우승자가 된 것이다. 우승자는 특전사와 프랑스 외인부대 출신의 스물아홉 젊은이었다.

제2회 대회의 도전자는 단 4명. 3월 '24시간 마라톤대회'가 한강둔치에서 열렸다. 밤 12시에 출발해 다음 날 자정까지, 24시간 동안 누가 더 많은 거리를 달리는지를 겨루는 대회다. 내가 과연 24시간을 달릴 수 있을지, 달린다면 몇 킬로미터나 달릴 수 있을 것인지, 밀려오는 졸음과 지루함, 근육의 부하는 또 어떻게 견딜 것인지에 대한 걱정이 앞섰다. 이후에 남겨진 기록은 그날의 24시간에 대한 기록이다.

24:00-03:00

출발 지점인 한강둔치 반포지구에 도착한 시간은 밤 11시 20분 경. 출전 선수가 단 4명이다 보니 한가하다 못해 썰렁하기까지 했다. 복장을 갖추고 화장실을 다녀온 후 스트레칭을 하다 보니 어느새 출발 시간이 다가왔다. 지켜야 할 규정들과 경기 진행 방법에 대한 설명이 있었고, 정각 12시에 총성이 울렸다.

한 시간을 달린 후 10분을 쉬는 것이 전략이었다. 출발은 나쁘지 않았다. 반포에서 여의도를 거쳐 첫 번째 체크포인트인 방화대교에 도착한 시간은 대략 새벽 2시 20분이며, 거리는 약 19킬로미터. 다행히 춥지 않고 달릴 때는 땀도 났지만, 출발 전부터 있었던 설사 증세 때문에 보온에 신경을 썼다. 불과 열흘 전에 뛰었던 서울국제마라톤의 후유증으로 발목에 통증이 느껴지기 시작했다. 이제 시작인데 불길한 예감이 들었다. 체크포인트에서 약간의 음식을 먹고 출발지였던 반포지구를 향해 다시 달렸다.

03:00-06:00

새벽 3시 40분경 당산철교 아래에 도착했다. 서울국제마라톤의 후유증이 생각보다 심각했다. 이제는 발목 통증이 문제가 아니라 오른쪽 무릎 측면에 통증이 느껴지기 시작했다. 잠시 휴식을 취하며 최대한 천천히 스트레칭을 했다. 그리고 쉬는 김에 아예 잔디밭에 누워 신발을 벗고 벤치에 발을 올려놓았다. 서울의 밤하늘에도 제법 별이 많다는 것을 알았다.

약 5분 후 다시 출발. 출발지였던 반포지구에 도착한 시간은 대략 새벽 5시 05분경. 무릎 통증은 더욱 심해졌고 5시간 동안 달린 거리는 약 40 킬로미터. 너무 빨리 몸이 지친 것 같아 걱정이었다. 결국 1시간 뛰고 10분 쉬는 주기를 30분 뛰고 5분 걷고 5분 쉬는 주기로 변경했다.

06:00-09:00

새로 변경한 주기는 처음부터 지켜지지 않았다. 30분을 뛰어야 했으나 20분을 뛴 후 더 이상 뛰기가 벅찼다. 날은 서서히 밝아오고 세상은 푸른빛과 보랏빛으로 물들어갔다. 올림픽대로를 질주하는 차량들이 부러웠다. 아침 7시가 조금 넘어서 두 번째 체크포인트인 광나루지구에 도착했지만 이제 주로의 과속방지턱을 넘는 것조차도 버거울 정도로 몸이 지쳐 있었다. 다행히 체크포인트에서 따뜻한 햇반과 귤 하나, 바나나 반쪽을 먹고 충분한 휴식을 취하고 나니 몸이 한결 가벼워졌다.

다시 마음을 가다듬고 출발. 이제는 15분 뛰고 5분 걷는 주기로 변경했다. 어쩌면 처음부터 이 주기를 선택했어야 옳았을지도 모른다는 생각이 들었다. 출발하고 얼마 달리지 않아 마주 오는 후발 주자들을 만났다. 나는 출발부터 선두를 유지하고 있었다.

09:00-12:00

광나루를 출발해서 다시 최초의 출발지인 반포지구에 도착한 시간은 아침 9시 35분. 지금까지 달린 거리는 총 67킬로미터. 날이 밝은 후 다행히 컨디션이 좋아졌지만 후발 주자들이 어디에 있는지 알 수 없는 상황이었기에 마라톤 배낭에 간단한 음식만 챙긴 후 곧바로 출발했다. 광나루에서 출발할 때 속옷까지 완전히 갈아입은 것도 마음을 새롭게 하는 데 한 몫을 했다.

그러나 여의도에 도착하기도 전에 컨디션은 다시 급속도로 떨어졌다. 15분에 한 번씩 방울토마토 두세 개 혹은 비스킷 한 조각 등 최소한의 음식을 섭취했다. 하지만 에너지 보충을 위한 필수품인 파워젤은 입안에 넣으려고 하면 헛구역질만 나와서 넘길 수가 없었다. 그래도 먹지 않으면 안 되는 식품이다. 이를 악물고 한 번에 꿀꺽 삼키고 물을 마셨다.

달리다 보니 어느새 한강과 안양천이 교차되는 지점이었다. 배낭에 있던 바나나를 꺼내 한입 베어 물고 남은 반쪽을 다시 배낭에 넣을 때 갑자기 눈물이 핑 돌았다. 이유는 알 수 없었다. 장거리 경기를 할 때면 가끔 나타나는 현상이다. 하지만 울지 않았다. 울 힘이 있다면 차라리 한걸음이라도 더 뛰라고 자신을 채찍질했다. 정말 울고 싶다면 24시간이 지난 후에 원 없이 울자고 다짐했다. 그래도 눈시울은 자꾸만 뜨거워졌다.

12:00-15:00

12시 20분에 드디어 방화대교에 두 번째 도착했다. 누적거리는 대략 87킬로미터. 아직까지 나는 선두를 유지하고 있었지만 힘들다는 말 이외에는 아무 말도 생각나지 않았다. 체크포인트의 대회 진행요원에게 15분 후에 깨워달라고 부탁하고 잠을 청했다. 내 인생에서 최고로 달콤한 단잠이었다.

방화대교를 출발해 여의도에 도착한 시간이 대략 14시 40분. 배낭에 약간의 음식이 있었으나 새로운 것이 먹고 싶어서 비상금을 꺼내 매점에서 콜라와 초코칩을 사먹었다. 언제나 고질인 오른쪽 무릎 측면 통증은 이제 후유증을 걱정해야 할 정도로 심각했다. 잠시 걷다가 다시 뛰려면 통증이 더욱 심했다. 결국 여의도 구간 3킬로미터를 빠져나오는 데 무려 30분의 시간이 소모되었다.

15:00-18:00

오후 4시경 출발지였던 반포지구에 도착했다. 여의도에서 반포지구까지는 이 날의 구간 중에 가장 고통스런 구간이었다. 이때까지 달린 거리는 대략 100킬로미터. 무릎 통증 때문에 다리를 구부릴 수가 없어 앉을 수도 없었다. 심지어 내 다리가 굵어졌다 얇아지고, 다시 굵어졌다 얇아지는 착시현상이 나타날 정도로 피로가 극심했다. 결국 암사동 지구까지 갔다 오는 것을 포기하고 곧바로 서래섬으로 들어가기로 결정했다. 대회 규정상 출발한 지 20시간이 지난 후 반포지구를 지나는 선수는 반포지구 앞 인공섬인 서래섬의 순환코스로 들어가게 되어 있었다. 시간상 암사동을 다녀올 수도 있었지만 심리적 자신감을 상실했기에 새로운 코스인 서래섬을 선택한 것이다. 물론 8시간 가까이 1.2킬로미터에 불과한 코스를 뱅글뱅글 돌아야 한다는 단점이 있었지만 그래도 그 지겨운 반포지구를 다시 다녀오기는 죽기보다 싫었다.

서래섬으로 들어가 6바퀴를 돌았을 때 시간은 오후 5시 40분이었으며, 아직까지 다른 선수들은 반포지구에 도착하지 않았다.

18:00 - 21:00

통증이 너무 심해서 오른쪽 무릎에 소염진통제를 바르고 압박붕대를 감았다. 오후 6시 20분이 넘었을 때 문득 두 번째 주자가 이미 서래섬 안에 들어와 있다는 것을 알았다. 진행요원에게 물으니 이미 3바퀴를 돌았단다. 나와는 6바퀴 반 차이였다. 이때부터 경기 양상은 판이하게 달라졌다. 두 번째 주자를 볼 수 없었을 때와는 다르게 서로를 견제하기 시작한 것이다.

하필 이때 설사 증세가 다시 나타났다. 출발하기 전 설사 증세 때문에 허용 용량을 무시하고 지사제 4알을 먹었는데 하필 이렇게 중요한 시기에 재발된 것이다. 1위를 사수하기 위해서는 참아야 했지만 증세는 점점 심해졌고, 더 이상 참는 것은 오히려 레이스에 방해만 될 일이다. 하지만 화장실이 무려 200미터 이상 떨어져 있었다. 그래도 어쩔 수 없었다.

화장실에 다녀온 사이에 두 번째 주자가 2바퀴를 더 돌았다. 이제 나와의 거리는 4바퀴 반이었다. 세 번째, 네 번째 주자들도 섬으로 들어왔지만 그들과는 워낙 거리 차이가 벌어져 있는 상태였다.

21:00 - 24:00

오후 9시가 넘을 때까지 두 번째 주자와의 거리는 그대로 유지되었다. 종종 그가 스퍼트하는 것이 보였지만 나도 그의 레이스를 주시하면서 조금이라도 속도가 높아지면 함께 스퍼트를 해서 거리를 좁혀주지 않았다. 그러나 그의 스퍼트는 무서울 정도였다. 10시가 넘어서도 그의 속도는 줄지 않았다. 나는 지쳐갔지만 나만 힘든 것이 아닐 거라고 스스로를 위로 했다.

그러나 10시 30분이 넘어서면서 마지막 남은 체력이 고갈되기 시작했다. 어쩌면 남은 1시간 30분 동안 4바퀴 반을 추월당할 수는 없다는 산술적인 계산 때문에 나약해진 결과였는지도 모른다. 결국 나는 11시 40분이 넘어서면서 2바퀴를 추월당했다. 내가 뛰는 걸 멈추지 않는 한 1위 탈환이 불가능하다는 것을 그도 알고 있었을 텐데 그는 끝까지 포기하지 않았다.

1위 사수에만 목표를 둔 소극적인 레이스는 역시 힘겨웠다. 남은 20분이 그토록 길게 느껴질 수가 없었다. 그래도 시간은 흘렀다. 밤 12시, 칠흑같이 어두운 하늘에 총성이 울렸다. 달리기를 시작한지 정확하게 24시간이 경과한 것이다. 지루하고 길었던 24시간이 종료되었지만 다리가 뻣뻣해서 자리에 주저앉을 수가 없었다. 엉거주춤한 자세로 제자리에 멈추었다가, 진행요원이 거리를 측정한 뒤 천천히 결승점으로 돌아왔다. 힘들고 고통스러웠지만 그래도 나는 잘 해냈다. 기특하게 1위도 지킬 수 있었다.

그날 내가 달린 거리는 총 154.9킬로미터였다. 출전 선수는 단 네 명이었지만 시상식도 있었다. 우리 모두는 부축 없이는 시상대에 올라가는 것이 불가능할 정도로 다리가 풀려 있었다. 관객이라고는 가족 몇과 진행요원을 합해 15~16명이 전부였지만 바르셀로나 올림픽 메인스타디움에서 금메달을 목에 걸었던 황영조가 부럽지 않았다. 달린 거리를 떠나서 그저 사람이 24시간을 달릴 수 있다는 사실이 놀라울 따름이었다.

사실 나는 특별한 운동신경을 갖고 있는 사람이 아니다. 군대에서도 족구를 하면 늘 수비 전담 선수로 뛰어야 할 정도로 소극적이고 둔한 운동신경을 갖고 있다. 물론 운동 종목에 따라 적성은 다르게 나타날 수 있을 것이다. 축구를 잘한다고 농구까지 잘하는 것은 아니기 때문이다. 그렇다고 하더라도 나는 어떤 종목에서든 평균 수준을 따라가지 못하는 사람이다. 하지만 훈련과 노력이 나를 새롭게 만들고 있었다.

그리고 더욱 중요한 것은 능동적인 태도다. 만약 철인3종 경기를 돈 받고 뛰라고 했다면 나는 대회 출전은 고사하고 연습 과정에서 포기하고 말았을 것이다. 하지만 철인3종 경기는 내가 원해서 시작한 일이다. 돈을 받는 것이 아니라, 오히려 비싼 참가비까지 내면서 대회에 나간다. 완주 과정에서 많은 역경이 있지만 결과적으로 나는 행복하고 만족한다. 누가 시킨 일이 아니기에 새벽 5시에 일어나서 운동하러 집을 나설 수 있는 것이다.

사회생활도 마찬가지다. 누가 시켜서 하는 일보다는 스스로 먼저 찾아 하는 일이 즐겁다. 빗자루를 들었는데 마당 쓸라고 하면 들었던 빗자루도 내려놓고 싶다고 하지 않는가. 무엇이든 즐겁게 하기 위해서는 먼저 찾아서 해야 한다. 그런 능동적인 태도가 일의 효율성도 높이게 된다. 직장이나 가정, 친구들 관계에서는 어차피 해야 하는 일들이 있다. 더 나아가 해도 되고 안 해도 되는 일이지만 하면 더 좋은 일도 있다. 그 일을 먼저 찾아서 할 때 즐거움뿐만 아니라 만족도도 높을 것이다.

나는 운동을 통해서 능동적이고 창조적인 습관이 얼마나 즐거울 수 있는지 배웠다. 아마도 이것은 운동이 내게 준 가장 큰 선물 중 하나일 것이다.

천리길가는
나그네 멀다

오렌지를 팔던 꼬마 녀석과 너무 많은 시간을 지체했다. 다시 부지런히 길을 가야 했다. 오후 2시경 푸이엔Puiyan에 도착했다. 그곳에서 배낭에 들어 있던 라면 한 봉지와 꼬마 녀석에게 샀던 오렌지 다섯 개를 먹어치웠다. 점심을 먹을 만한 곳을 발견하지 못한 이유도 있었지만 중간에 비스킷과 밀크티를 마신 덕분에 그 정도로도 요기가 가능했다.

　다음 마을은 수케Surke였다. 마을 주민에게 물었더니 1시간이면 도착할 것이라고 했다. 사실 나는 2시간을 예상하고 있었다. 만약 그의 말대로 1시간 안에 도착할 수 있다면 오늘의 잠자리는 수케가 아니라 그 다음 마을로 결정할 것이다. 그렇게만 된다면 내일 저녁에는 남체에 도착할 수 있게 된다. 그것은 애초의 예정보다 하루를 앞당기는 일이다.

　하지만 나는 이날, 트레킹 이후 가장 힘든 하루를 보냈다. 점심을 제대로 챙겨먹지 않은 경솔함이 주된 요인이었다. 에너지를 제대로 보충하지 않은 것은 결과적으로 매우 중대한 실수였다. 제대로 된 음식을 섭취하지 않은 탓에 나의 체력은 빠르게 고갈되었다. 돌아보면 후회스런 결정이었지만 앞으로 어떤 일이 닥칠지 알지 못했기에 겁도 없이 마을을 그대로 지나쳤다.

또한 수케까지 1시간 정도가 걸릴 거라는 마을 주민의 말도 잘못된 정보였다. 수케까지는 2시간 10분이 소요되었다. 1시간은 고사하고 내가 예상했던 2시간마저도 넘겼다. 나중에 갖고 있던 일정표를 찬찬히 살펴보니 푸이엔에서 수케까지는 2시간 30분 정도가 소요된다고 되어 있었다. 하지만 1시간 정도만 예상하고 푸이엔을 출발한 나는 너무나 지루한 길을 가야 했다. 특히 1시간이 지난 다음부터는 10분도 1시간처럼 느껴졌다.

시간이 지나면서 체력이 급격히 떨어지기 시작했다. 다리가 완전히 풀려서 발을 질질 끌면서 걸었다. 그리고 가장 위험한 코스도 기다리고 있었다. 깎아지른 절벽에 한두 사람이 겨우 지나갈 수 있을 정도의 길이 나 있었다. 왼쪽은 수백 미터는 되어 보이는 끝도 보이지 않는 아스라한 벼랑이었고, 오른쪽으로는 위에서 돌이라도 떨어져서 맞으면 그대로 즉사를 할 정도로 직각의 절벽이 서 있었다. 이곳에서 발을 헛디뎌 벼랑 아래로 떨어진다면 뼈도 추리지 못하는 건 말할 것도 없고 영원한 실종자가 될 것이 뻔했다. 벼랑은 워낙 깎아낸 듯 가팔라서 수백 미터 바닥으로 떨어질 때까지 그 어떤 돌출물에도 걸리지 않을 것 같았다. 나는 겁에 질려 최대한 벽에 붙어서 걸었다. 그래도 다리가 후들거렸다. 만약 그때 맞은편에서 누군가 걸어왔다면 나는 필사적으로 벽에 붙은 채, 그가 낭떠러지 쪽으로 지나가도록 했을 것이다. 어떤 일이 있어도 벽쪽은 절대 양보할 수 없었다.

하지만 나는 그 구간을 지나면서도 자꾸만 집중력을 잃었고, 정신이 혼미해질 정도로 체력은 고갈되어 갔다. 작은 돌부리에도 발이 걸릴 정도로 힘이 없어 술에 취한 사람처럼 비틀거리기까지 했다. 돌부리에 걸릴 때마다 바닥을 확인해보면 기껏 주먹만한 돌에 불과했다.

돌부리에 걸려서 몸이 꼬꾸라질 때마다 깜짝 놀라서 정신을 차려야 한다고 자신을 다독였지만, 마치 졸음운전을 하는 사람처럼 이내 정신이 혼미해지곤 했다. 내 몸이 아닌 것처럼 몸이 말을 듣지 않았다. 그도 그럴 것이 제대로 먹은 것이 없는 상황에서 나는 오늘도 몇 개의 산을 넘고 있었던 것이다.

어느 모퉁이를 돌자 히말라야의 하얀 봉우리 몇 개가 다시 보이기 시작했다. 그리고 거대한 계곡의 물소리가 성난 짐승처럼 엄청난 포효를 내뿜고 있었다. 까마득한 벼랑 아래의 계곡물은 초록색이었다. 어찌보면 아름다운 물빛이기도 했지만 그 순간엔 그 빛마저도 섬뜩하게 느껴졌다.

다행히 4시가 넘어갈 무렵 오금이 저리던 벼랑 구간도 끝을 보였다. 동시에 내리막이 시작되었다. 저만치 마을이 보이기 시작했다. 바로 수케였다.

하지만 지친 나에게는 내리막도 위험했다. 잘못했다가는 배낭을 짊어진 채 언덕 아래로 데굴데굴 구를 판이었다. 이전에는 그저 평탄한 길로만 알았는데 지친 상태에서는 온통 돌부리로 가득했다. 가만 생각하니 오렌지를 팔던 꼬마 녀석과 보낸 시간을 빼면 거의 휴식 없이 하루 종일 산행을 하고 있었다. 생라면을 부셔먹었던 푸이엔에서 보낸 시간도 기껏 10분에 지나지 않았다. 평지를 걸었다고 해도 이미 지칠 시간이었지만, 나는 산을 몇 개나 오르고 내리지 않았는가. 거기에 먹은 것도 제대로 없으니 탈진 상태에 빠진 것은 지극히 당연한 일이었다.

마을 입구에서 여학생이 시간을 물었다. 마침 영어가 통하는 것 같아서 다음 마을까지 얼마나 걸릴지 물었다.

"처리칼카까지는 얼마나 걸리죠?"

"2시간요, 빠르면 1시간 30분?!"

처리칼카Chauri Karka는 푸이엔에서 정한 오늘의 목적지였다.

"중간에 작은 마을이라도 있나요?"

"아니요. 이곳을 지나면 처리칼카까지는 마을이 전혀 없어요."

더 갈 것인지, 수케에서 여장을 풀 것인지 결정해야 했다. 체력을 생각하면 더 이상의 산행은 무리였다. 수케에서 하루를 보내는 것이 현명했지만 오늘의 목적지로 정했던 다음 마을에 대한 미련도 만만치 않았다. 마을 한복판을 지나면서도 나는 아무 결정도 내리지 못하고 있었다. 빠른 결정이 필요했지만 생각이 복잡했다. '내일 남체에 도착하려면 오늘 처리칼카까지 가야 하지 않을까?' 하고 생각을 했다가도, '어제 저녁을 먹었던 5시 30분 무렵에는 이미 캄캄한 어둠이 내리지 않았던가. 다음 마을까지 가기에는 남은 빛이 길지 않다'는 것을 깨닫기도 했다.

아무 결정도 못한 상태에서 나는 이미 마을 끝에 다다르고 있었다. 그리고 어느새 마지막 집마저 지나가고 말았다. 마을이 끝나자마자 곧바로 다시 언덕이 시작되었다. 수케는 해발 2,290미터, 처리칼카는 해발 2,760미터. 약 500미터의 고도차다. 언덕을 몇 걸음 걷고 나니 다시 자신이 없어졌다. 잠시 내리막과 평지를 걸으며 몸이 안정을 되찾은 듯했지만 언덕을 만나고보니 하나도 나아진 게 없다는 것을 확인하게 되었다. 돌아갈까? 망설이지 않을 수 없었다. 하지만 우습게도 걸어온 길이 아까워 그대로 길을 가기로 했다. 되돌

아간다고 한들 몇 분이나 헛걸음을 한다고 말이다.

결국 이 역시 고생을 자초한 결정이었다. 이후 길은 오르고 또 오르는 언덕뿐이었다. 한 걸음 한 걸음 내딛기는 했지만 만취한 사람처럼 비틀거리는 걸음은 어쩔 수가 없었다. 5시쯤 되었을 때, 더 이상은 걸을 수가 없었다. 정말 모든 에너지를 다 쏟아낸 다음이었다. 결국 배낭을 길바닥에 내던지고 바닥에 드러누웠다. 너무 배가 고팠다. 다행히 배낭 안에 몇 개의 귤이 들어 있다는 게 생각났다. 모양과 맛은 귤에 가까웠지만 과육 속에는 씨가 들어 있었다. 하지만 씨를 입 밖으로 뱉어낼 힘조차도 없었다. 어그적어그적 씨까지 씹어먹는 것이 차라리 나았다. 비상식량으로 준비했던 코코아 분말 봉지도 뜯었다. 가루를 한 입 털어 넣고 물 한 모금 마시고, 다시 가루를 입에 털어 넣고 물을 한 모금 마셨다. 이것마저도 물이 모자라 다 먹을 수가 없었다. 목이 메어서 물 없이는 가루를 넘길 수가 없었다.

앞에는 거대한 산 하나가 버티고 있었고 왼쪽으로는 드디어 노을이 비치기 시작했다. 전날보다 고도가 높기 때문인지 일몰 시간이 조금 늦기는 했지만 노을은 그리 오래 머물지 않고 사라졌다. 이제 어둠이 찾아오는 속도는 급속히 빨라질 것이다.

5시 30분쯤 대여섯 채의 집이 모여 있는 마을을 만났다. 이미 짙은 어둠이 내린 다음이었다. 그곳이 처리칼카인지는 알 수 없었지만 이제 잠자리만 있다면 어디든 들어갈 판이다. 마을에는 아무런 인기척이 없다. 그렇게 마을이 끝나는가 싶더니 조금 더 걷자 다시 집들이 이어졌다. 집들 중에 불을 밝힌 곳은 한 집뿐이었다. 을씨년스럽고 왠지 폐허가 된 마을 같았다. 모두들 마을을 버리고 어디론가 떠나버렸거나 재난을 피해 피신이라도 한 것 같은 느낌. 불을 밝힌 유일한 집은 그나마 갈 곳이 없어서 위험을 무릅쓰면서까지 그대로 남아 있을 수밖에 없는 처절한 상황의 가정이 아닐까 싶었다.

조금 더 마을 안으로 들어가니 어둠 속에서도 놀고 있는 동네 아이들이 보였다. 다행히 괴기스런 마을은 아니었다. 하지만 아이들을 붙들고 길을 물을 수도, 이곳이 어디인지도 물을 수가 없었다. 일단 숙소 같은 것이 보일 때까지 더 걷는 수밖에 방법이 없다. 다행히 잠시 후 누군가 말을 걸어왔다. 밤 늦게 길을 가는 외지인이 불안했는지 창밖으로 지나가는 나를 발견하고 물었던 거였다.

"어디 가죠?"

"처리칼카!"

"……."

"얼마나 더 가야 하죠?"

"멀지 않아요."

"얼마나…?"

"아마 10분?"

" 그럼 여기는 어디죠? "

" 여기도 처리칼카에요. "

그곳이 처리칼카 초입이었던 모양이다. 고맙다고 인사하고 다시 길을 걸었다. 사실 나는 푸이엔 이후 어찌 길을 왔는지 기억이 가물가물할 정도로 제정신이 아니었다. 발걸음 하나하나가 천근만근의 무게였고, 허기 때문에 체력도 고갈된 상태였다. 마치 온몸이 만신창이가 된 것 같았다. 그래도 이제 마을에 도착했으니 안도를 해야 할 텐데 나는 엉뚱하게도 웃어대기 시작했다. 배낭의 무게를 이기지 못하고 축 늘어진 어깨며, 이리저리 비틀거리는 걸음으로 웃어대는 모습이라니. 누군가 그 모습을 보았다면 분명 실성한 사람이라고 생각했을 것이다. 더욱이 그 웃음의 끝은 눈물이었다. 뚜렷한 이유도 없이 큰소리로 웃어대다가 끝내 눈물을 흘리며 통곡하고 말았다. 한심하고, 어이없고, 무기력했다. 이게 도대체 뭐하는 짓인가 싶었다. 처량하고 비참한 모습이 보이지 않는, 깜깜한 밤인 게 다행이었다.

길은
소통이다

돌아보면 까마득히 먼 길이었다. 아무리 생각해도 정말 먼 길이었다. 생각할수록 미친 길이란 생각을 떨쳐버릴 수가 없었다. 사실 어제와 오늘 걸었던 길은 사흘 동안 걸어야 했던 길이다. 처음부터 조금씩 거리를 좁혔다면 모르겠지만, 이틀 만에 사흘의 거리를 걸었으니 무리가 되는 건 당연했다. 숙소 주인도 너무 늦게 도착한 나를 보고 깜짝 놀라면서 어디서 출발한 것인지 물었다. 그리고 내가 주빙에서 출발했다는 것을 알고는 고개를 설레설레 흔들었다.

이제 나의 다리는 무릎은 말할 것도 없고, 넓적다리며 종아리며 뭉치지 않은 곳이 없었다. 매일 저녁 정성스럽게 스스로 마사지를 했던 것도 소용이 없었다. 항문 주변도 계속되는 마찰로 인해서 헐어버렸다. 때문에 걸을 때는 물론이고 샤워를 할 때도 몹시 쓰렸다. 통증이 심해서 손으로 만질 수도 없을 정도였지만, 손끝으로 살짝 더듬어보면 피부가 수세미처럼 우툴두툴하게 망가진 것을 느낄 수 있었다.

너무 더웠다. 흐렸던 그제 날씨가 그리울 정도로 하루 종일 열기로 가득했다. 이것도 트레킹을 힘들게 만든 요인 중 하나였다. 트레킹 중에는 조금 쌀쌀한 편이 차라리 나았다. 그런 날은 산을 오르다보면 춥지도 않고, 그렇다고 땀이 흐르지도 않는 게 적당했다. 물론 잠시 휴식을 취하거나, 고도가 높은 정상 부근에서는 추위를 느낄 때도 있었지만 그것은 순간에 지나지 않았다. 하지만 오늘처럼 더운 날은 쉽게 지치고 무기력해지고 만다. 엉덩이 마찰 부위가 헐어버린 것도 계속되는 땀 때문이었다. 오늘은 날씨를 비롯해 코스며 휴식의 주기며 에너지 보충 등 모든 것이 실패였다.

그리고 솔직히 말하자면 오늘만큼은 지게꾼들이 두려웠다. 어둠 속에서 3명의 지게꾼을 만났었는데 그때마다 몹시 긴장이 되었었다. 어깨에 가로로 걸고 있던 카메라를 슬쩍 벗어서 배낭 속에 넣고 싶은 마음이었다. 하지만 그런 행동이 오히려 그들을 자극하게 될까봐 애써 태연한 척하며 그들을 지나쳤다. 만약 그들이 나의 카메라나 소지품을 탐내서 나쁜 마음을 먹었다면 나는 아무런 대책 없이 당하고 말았을 것이다. 그 높은 벼랑에서 나를 슬쩍 밀어버리면 나의 죽음은 영원히 미결된 실종으로 남을 게 뻔했다. 나의 이런 상상과 경계심은 선량한 그들을 모독하는 것이겠지만, 아무도 없는 험준한 산길의 밤은 그토록 나를 두렵게 만들었다.

저녁은 최대한 푸짐하게 먹기로 했다. 산중 마을이라 먹을 것이 훌륭하지는 않았지만 치즈를 올린 볶음국수와 역시 치즈를 올린 볶음감자를 주문했다. 가능하면 열량이 많은 음식을 먹어야 할 것 같았다. 다음 날 아침으로도 닭고기 수프를 6시 30분에 먹을 수 있도록 미리 주문했다.

힘든 하루였지만 그래도 이제부터는 내리막이 없다는 것을 위안으로 삼았다. 그동안 산을 내려갈 때마다 얼마나 억울하고 원망스러웠던가. 그토록 힘겹게 오른 산을 다시 내려가야 한다는 것은, 정성스럽게 준비한 음식을 그릇에 담다가 엎어버리는 것보다 허망한 일이다. 하산은 다시 산을 올라야 한다는 것을 뜻했기 때문이다. 하지만 이제부터는 산을 완전히 내려가는 그런 언덕은 없을 것이다. 작은 언덕이야 계속해서 이어지겠지만 그래도 이제부터는 본격적으로 고도를 높이기 시작할 것이다.

오늘의 일정이 어리석고 무리했던 것은 분명했지만, 오늘 이곳까지 오지 않았다면 내일 남체를 불과 2~3시간 남겨두고 산행을 멈춰야 하거나, 꼭 남체까지 가려고 한다면 어차피 오늘처럼 무리를 할 수밖에 없을 것이다. 그러니 어쩔 수 없는 선택이었다.

하지만 어둠이 내린 이후의 산행은 분명 위험했다. 만약 실족이라도 한다면 목숨이 위태롭거나 크게 다칠 수도 있었다. 늦은 밤이니 누군가에게 도움을 청할 만한 사람도 없었을 것이고, 설령 도움을 받는다고 해도 골절상이라도 입는다면 들것에 의지해 며칠이고 산을 넘어야 한다. 이 험한 산골에는 병원은 물론이고 간단한 치료를 위한 진료소조차도 없을 것이기 때문이다.

한편 그런 현실은 트레킹을 하면서 만나는 주민들에 대한 연민으로 이어지기도 했다. 에베레스트로 가는 길은 막다른 곳으로 향해 가는 길이다. 이 여행의 목적지는 에베레스트지만 그곳에 도달하면 더 이상 갈 곳이 없다. 에베레스트를 지나 어디론가 갈 수 있는 것이 아니기 때문이다. 그곳을 목적으로 했던 사람들은 모두들 갔던 길을 되돌아와야 했다. 갔던 길을 되돌아오는 것은 여행자에게는 조금 허무한 일이다. 그리고 비효율적인 일정이다. 보통의 여행자는 그 시간과 비용으로 새로운 곳을 여행하는 것을 더 선호한다. 대부분의 여행이 출발지와 종착지가 같다고는 해도 그 사이의 도시는 최대한 겹치지 않도록 일정을 설계한다. 특별한 이유와 목적이 있지 않는 한 그것이 가장 알뜰하고 효율적이다. 하지만 에베레스트는 그 자체가 막다른 길이기에 어쩔 수 없이 되돌아와야 한다.

따라서 에베레스트 트레킹에는 낯선 도시를 걷던 여행자가 막다른 골목으로 접어들었을 때와 비슷한 허무함이 존재한다. 길이 잘못되었다고 해도 그 길이 막다른 골목이 아니라면 어디로든 빠져나갈 수가 있다. 그리고 어떻게 해서든 내가 가야 할 길을 다시 찾을 수 있는 여지는 남아 있게 된다. 길을 잘못 들어섰다는 것을 알게 되었을 때 대부분은 되돌아 나오기보다 그 길을 빠져나가 새로운 길을 찾으려 하는 이유는 그 때문이다. 하지만 그 길 끝에 더 이상 갈 수 없는 담이나 장벽이 버티고 있을 때는 당황하기 마련이다. 그리고 길을 잃고 헤매었던 시간을 포함해서 되돌아가야 하는 시간까지도 아까운 것이 되고 만다.

트레킹을 하면서 마을을 만날 때마다 그들을 안쓰럽게 여긴 것은 그 때문이다. 아무리 깊은 산중이라고 해도 마을을 통과하는 길이 어디로든 연결되는 통로라면 나의 마음이 연민으로 이어지지는 않았을 것이다. 그 길들은 그저 조금 불편한 길에 불과하기 때문이다. 하지만 막힌 곳으로 향하는 길은 엄밀히 말해서 길이라고 이야기하기 힘들다. 선택의 여지없이 한쪽으로만 가야 하기 때문이다. 물론 그들이 좀 더 깊은 산중 마을을 찾아가기 위해서는 막다

른 길로 접어들어야 한다. 하지만 넓은 세상으로 나오는 길은 한쪽 방향으로만 존재한다. 나는 그것이 답답하고 갑갑했다.

초등학교 몇 학년 때였던가, 교실 칠판 오른쪽에는 대한민국 지도가 걸려 있었다. 나는 그 지도를 볼 때마다 두 가지 이유로 불편했다. 첫째는 한강이 거꾸로 흐른다는 사실이었다. 물은 위에서 아래로 흘러야 하는데 한강은 북쪽으로 흐르고 있었다. 지구는 둥글고 만유인력의 법칙이 존재한다는 진실도 피부에 와 닿지 않았다. 내 편견으로는 북쪽은 위쪽이고 남쪽은 아래였다. 그러면 물은 아래로, 다시 말해서 남쪽으로 흘러야 했다. 아무리 생각해도 위로 흐르는 강물은 이해할 수 없는 일이었다. 나는 한강이 거대한 자연의 법칙을 거스르고 있는 것처럼 보여 그렇게 불편할 수가 없었다.

또 하나는 그 지도를 볼 때마다 폐쇄공포증 환자처럼 가슴이 답답해지곤 했다. 대한민국은 섬나라가 아니었음에도 불구하고 연결되어 있는 세상이 하나도 없었다. 북쪽은 철조망으로 막혀 있고 나머지 삼면은 바다로 둘러싸여 있었다. 그 안에서도 얼마든지 자유로울 수 있었겠지만, 그보다 감옥에 갇힌 듯한 느낌이 더 컸다. 북쪽은 갈 수 없는 곳이니 어디로든 다른 세상으로 가기 위해서는 망망대해를 헤엄쳐야만 가능했다. 그러니 수영을 할 줄 모르는 나에게 대한민국은 감옥이나 다름없었다. 수영은 할 줄 몰라도 걷는 것은 자신 있는데 걸어서 갈 수 있는 세상이 존재하지 않는다는 것. 그 사실이 어린 나에게 너무 갑갑하게 느껴진 것이다. 그래서 '북한 사람은 좋겠다. 중국과 붙어 있어서' 그런 생각을 하면서도 딱 한 나라와만 붙어 있는 것도 답답하기는 마찬가지가 아닐까 싶기도 했다. 아주 좁기는 하지만 북한이 소련과 국경을 접하고 있다는 것은 조금 더 커서 알게 되었다.

에베레스트로 향하는 길이 답답하다고 느낀 것은 어쩌면 어린시절의 기억으로부터 잠재되어 있던 나의 그런 갑갑증 때문이었는지도 모른다. 익숙한 듯 하면서도 익숙하지 않은 내 삶의 방식 같은 것 말이다. 길은 소통을 내포한다. 소통의 반대말이 단절이라면 소통되지 않는 길 역시 단절이다. 선택의 여지없이 세상으로 통하는 길이 한쪽으로만 존재하는 것. 나는 그 사실만으로도 에베레스트로 향하는 길이 충분히 불편하고 답답했다. 다시 세상으로 돌아가기 위해서는 갔던 길을 고스란히 되돌아와야만 가능하다는 기정사실이 막다른 길에 들어섰을 때의 당혹감 같은 것을 느끼게 한 것이다.

세상에서 가장 높은 에베레스트는 세계의 지붕이기도 하지만 세상의 끝이기도 하다. 마치 거대한 장벽처럼 세상 가장 깊숙한 곳의 막다른 길이다. 그래서 버스가 갈 수 있는 가장 마지막 마을인 지리에서부터는 허망한 길의 연속이라고 할 수 있다. 그곳에 살고 있는 사람들이 설령 트레커보다 발이 빠르다고 해도 세상에 나오기 위해서는 그들 역시 여행자가 갔던 며칠의 길을 고스란히 걸어야만 가능하다. 내가 골절상을 입고 쓰러졌다면 누군가의 도움으로 며칠을 거슬러 나와야 하는 것처럼, 그들도 어딘가 아파서 도시의 큰 병원을 찾아가야 한다면 며칠이고 그 길을 걸어야만 가능하다. 응급환자가 발생하면 휴대폰을 열고 1, 1, 9 딱 세 개의 번호만 누르면 몇 분 안에 사이렌 소리와 함께 앰뷸런스가 도착하는 우리의 삶과는 전혀 다른 세상의 삶이다. 그 자체만으로 세상과의 단절을 의미하는 것은 아니지만 어디로든 한쪽으로만 가야 하는 길은 나에게는 분명히 불편하다. 만약 며칠을 걸어야 병원을 만나고 버스를 탈 수 있는 마을을 만난다고 해도 그 길이 여러 갈래였다면, 그래서 이쪽으로도 갈 수 있고 저쪽으로도 갈 수 있는 가능성들이 놓여있었다

면 나는 갑갑증이 아니라 불편함만 느꼈을 것이다.

나는 여전히 길은 어디로든 통해야 한다고 믿고 있고 소통의 중요한 요소라고 생각한다. 물론 소통의 방식은 다양해졌다. 하늘길도 있고 바닷길도 있고 인터넷도 있다. 하지만 그 다양함은 에베레스트로 향하는 길에서 만나는 사람들에게는 오히려 더 큰 소외를 의미했다. 그들은 그 다양함 중에 어느 것 하나 온전히 누리지 못하기 때문이다. 그래서 가장 원초적인, 오래 전부터 사람들이 다니면서 생성된 그들의 '길'만이라도 온전히 어디로든 통할 수 있다면 좋겠다고 생각했다.

하지만 그렇다고 해서 그들을 불행하다고 단정한 것은 아니다. 세상의 어떤 인생을 두고 불행하다, 행복하다를 단정할 수 있겠는가. 그런 위험천만한 결론을 내릴 수 있는 위인이 얼마나 될 것이며, 그런 확신을 가질 만한 현인이 얼마나 있겠는가. 단지 막다른 길로 향하는 길에서 내가 어릴 때 대한민국 지도를 보며 느꼈던 답답함을 되새김하게 되었으며, 그들 중 또 어떤 사람은 그때의 나처럼 갑갑증을 앓고 있을지도 모른다는 짐작을 해볼 뿐이었다.

몬조Monjo는 본격적으로 에베레스트 입산을 알리는 지점이다. 마을이 끝나는 곳에 작은 찻집과 에베레스트 등반 허가서를 확인하는 관리사무소가 있다. 허가서는 카트만두에서만 발급되며, 신청시 일정 비용이 필요하다. 그러고보니 카트만두를 떠난 지도 어느새 일주일이 지났다. 허가서를 확인한 직원은 기본적인 인적사항을 적는 명부를 내밀었다. 그곳에 국적과 이름, 여권번호를 적으며, 오늘 한국인 남자가 입산했는지 물었다. 그의 말에 의하면 오늘은 동양인 남자가 단 한 명도 지나가지 않았다고 했다.

다시 Y가 걱정되기 시작했다. 나보다 앞서 갔다고 생각했는데 오늘 입산을 하지 않았다면, 어쩌면 나보다 뒤처져 있을지도 모르는 일이다. 녀석이 전날 이곳을 통과했을 가능성도 있지만 그런 일정은 Y에게도 분명 무리라고 판단되었다. Y와 헤어진 뒤 나 역시 하루의 일정을 줄이기 위해 그토록 고생을 하지 않았던가. 그의 산행 능력이 아무리 뛰어나다고 해도 이틀의 일정을 줄이는건 불가능해보였다. 우리가 처음부터 차근차근 거리를 좁혔던 것이 아니기 때문이다. 아무튼 녀석이 어디에 있는지 확인할 길은 없었지만, 무사히 트레킹을 계속하고 있기만을 바랐다. 우리가 트레킹을 마칠 때까지 다시 만날 수 있을지 알 수 없는 상황이었지만 녀석도 나를 걱정하고 있을 게 분명했다.

관리사무소 옆의 찻집에서 코코아를 주문했다. 시간은 오전 11시 8분을 넘어서고 있었다. 그동안의 산행도 힘겨웠지만 이제야 본격적으로 에베레스트 국립공원 안으로 들어선다는 생각을 하니 각오도 남달랐거니와 마음을 안정시키며 잠시나마 차분한 시간을 갖고 싶었다. 하지만 찻집 여인은 매우 불친절했다. 도시의 셀프서비스 커피숍도 아닌데 카운터에 앉아서 코코아를 가져가라고 불렀고, 잘 녹지 않은 분말을 젓기 위해 티스푼을 달라고 했더니 그역시 카운터에 앉아서 손을 내밀며 나를 불렀다. 마음가짐을 새롭게 하려다가 괜히 기분만 상하고 말았다. 속으로 '확, 망해버려라!' 하고 악다구니를

해버렸다.

　내가 남체에 도착한 것은 오후 2시경이었다. 예상보다 매우 빠른 시간이었다. 이럴 줄 알았다면 전날 그토록 고생을 해가며 처리칼카까지 가지는 않았을 것이다. 수케에서 머물렀어도 오후 4시면 남체에 도착할 수 있는 거리기 때문이다. 정확도가 낮은 정보들 때문에 이래저래 고생만 늘었다. 수케에서 처리칼카까지의 트레킹은 정말 힘겹고 위험스런 것이었다.

　남체에 오르기 전 마지막 마을이었던 조르살레Jorsale를 지나면서 본격적인 산행이 시작되었다. 길은 매우 건조했고 이전에는 보이지 않던 야크 떼가 일으키는 먼지 때문에, 그렇지 않아도 산소가 부족한 상황에서 호흡까지 자유롭게 할 수 없었다. 앞서가는 야크 떼를 멀찍이 두고 올라가려 해도 뒤따르는 또 다른 야크 무리 때문에 그러지도 못했다. 어찌나 먼지가 많은지 어깨에 가로로 걸친 카메라에 흙먼지가 수북이 쌓일 정도였다. 어쩔 수 없이 카메라를 벗어서 배낭 속에 넣었다.

　야크들이 많아진 것은 비행장이 있는 루크나Lukla를 지나면서부터다. 루크나 비행장을 통해서 제법 많은 물자들이 히말라야 산중으로 수송되고 있었고, 야크들은 루크나 비행장으로 수송된 물자들을 운반하는 역할을 하고 있었다. 에베레스트에 깊게 다가서 있는 남체 마을에 제법 큰 장이 설 수 있는 것도 그 때문이다.

루크나의 비행장은 세계에서 가장 위험한 비행장 중 하나다. 활주로도 매우 짧고(적어도 여행자의 눈에는 그렇게 보였다) 착륙하는 방향의 활주로 끝은 직각의 절벽이며, 이륙하는 활주 방향의 마지막 부분 역시 끝도 없는 낭떠러지다. 이륙과 착륙에 있어서 한 치의 오차도 있어서는 안되는 비행장인 것이다. 물론 이곳을 운항하는 비행기들은 모두 경비행기들로 긴 거리의 활주로가 필요한 것은 아니지만 그 어느 비행장보다 위험한 것은 분명하다. 실제 항공기가 절벽에 충돌하는 사고가 여러 번 발생하기도 했다. 험난한 히말라야 산중의 여건 때문에 어쩔 수 없는 설계였겠지만 보는 이를 아찔하게 만들기에 충분하다.

카트만두에서 루크나까지 비행기를 이용할 경우 전체적으로 최소 1주일 이상의 기간을 절약할 수 있다. 하지만 시간은 많고 상대적으로 여비는 부족한 여행자에게 루크나로 향하는 비행기는 그림의 떡이다. 그리고 루크나에 착륙하면 곧바로 남체에 오르게 되는데, 이는 갑자기 3,500미터의 고지대로 이동하는 것이어서 고산병의 위험도 도사리고 있었다. 그러니 차라리 시간이 걸리더라도 천천히 산을 오르는 것이 나의 형편에는 어울리는 일이었다.

우리는 트레킹을 마치고 산을 내려갈 때도 산이 주었던 교훈과 여운을 음미하며 지리까지 걸어서 되돌아간 후 카트만두로 향하는 버스를 탈 계획이었다. 물론, 이것이 애초의 계획이었다. 트레킹을 마치고 돌아갈 때마저도 걸어서 하산하는 것. 그러나 나는 불과 트레킹 이튿날 이미 결정했다. 돌아갈 때는 비행기다! 어쩌면 첫날 잘못 들어선 길을 바로잡기 위해서 가파른 언덕을 오르며 엄청난 체력을 소진한 뒤 이 트레킹을 계속해야 할지 말아야 할지 망설일 때부터 무너졌는지도 모를 일이다. 다행히 그때 트레킹을 포기하지는 않았지만 이후 하루에도 몇 개의 산을 넘는 일정은 나를 지칠 대로 지치게 했고, 이 힘든 길은 한 번은 가도 두 번은 가지 못한다는 처절함이 있었다. 아무리 생각해도 내가 지나온 길은 분명 두 번 갈 수 있는 길이 아니었다. 딱 한 번이라면, 살면서 한 번쯤 겪을 수 있는 고난 정도로 여기며 어찌해서든 이겨낼 수 있겠지만 두 번은 갈 수 없는 길이었다. 그리고 더욱 분명한 것은 알고는 갈 수 없는 길이라는 사실이다. 처음은 모르니 갔다고 해도, 곧 좋아지겠지, 이곳을 지나면 평탄한 길이 나오겠지, 기대하며 얼떨결에 갈 수는 있었다고 해도 알고는 갈 수 없는 길이었다.

조르살레 이후의 언덕은 매우 가팔랐다. 보폭이 30센티미터도 되지 않을 정도로 힘겨운 산행을 계속해야 했다. 설산이 사방으로 보이기 시작했지만 심신이 지치다보니 그리 감동적이지도 못했다. 산을 감상할 여유마저 없었던 것이다.

남체를 약 1시간 정도 앞두었을 때였다. 지게를 내려놓지도 못하고 선 채로 지게를 받치고 있던 지게꾼이 마실 물을 달라고 부탁했다. 내 배낭 옆에 꽂혀 있던 물통을 본 것이다. 사실 내 물통에는 딱 한 번 정도 마실, 아니 갈증이 심한 상태였기에 한 번 마시기에도 부족한 물만 남아 있었다. 하지만 땀을 뻘뻘 흘리고 있는 그의 얼굴을 보면서 거절하는 것은 불가능한 일이었다. 쉬는 것마저도 서서 쉴 수밖에 없는 그의 모습이 몹시 안쓰러웠다. 나는 내가 마실 물이 부족하다는 것을 알고 있었지만 그에게 배낭을 돌려 뽑아 마시라고 했다. 지게를 받치고 서 있던 그처럼, 나 역시 배낭을 내려놓고 물통을 뽑아줄 여력까지는 없었던 것이다. 그는 남은 물의 양이 너무 적다는 것을 알고는 잠시 망설이는 눈치였다. 하지만 괜찮다는 나의 미소를 보고는 뚜껑을 열고 물을 마셨다. 갈증이 워낙 심해서 염치를 차릴 만큼 여유가 있었던 것은 아닌 모양이었다. 하지만 미안한 마음을 어쩌지 못하고 바닥에 조금의 물을 남겼다. 한 모금도 되지 않을 양이었지만 그 상황에서 그가 갖출 수 있는 최대한의 예의였을 것이다.

하지만 결과적으로 이런 호의도 나에게는 중대한 실수가 되고 말았다. 나는 1시간 뒤 남체에 다다랐지만 갈증이 너무 심해서 마을 입구에서 많은 양의 물이 흐르는 계곡 물을 물통에 받아 마시고 말았다. 트레킹을 하면서 지켜야 할 철칙 중 하나가 물은 아주 적은 양이 흐르는 샘물만 식수로 사용해야 한다는 것이다. 이런 물은 식수로서 비교적 안전한 물이지만 많은 양이 흐르는 샘물이나 계곡 물은 절대 마시면 안 된다는 것이 앞선 트레커들의 고견이었다.

결국 나는 남체 입구에서 받은 물을 마시고 기생충에 감염되어 며칠 뒤부터 엄청난 고생을 하기 시작했다. 엄밀히 말하자면 나의 실수는 지게꾼에게 호의를 베푼 것과는 무관한 일이다. 조금만 더 주의를 기울였다면 그 물을 마시지 않을 수도 있었기 때문이다. 나는 그 물을 수통에 받으면서 불안감을 느꼈고, 머릿속에서는 '안된다, 위험하다'는 무의식적인 암시가 경종을 울리고 있었다. 하지만 스스로의 경고를 무시하고 안일한 판단을 하고 말았던 것이다. 조금만 더 참았다면 남체 마을에서 얼마든지 안전한 물을 마실 수 있었는데도 말이다.

여행과
외로움과
막걸리

그렇게 남체Namche에 도착했다. 그러나 남체에 들어서면서 당황스러웠고 괴롭기까지 했다. 일주일 동안 아무도 없는 산을 넘고 또 넘어왔는데 그 길 끝에 이렇게 혼잡스런 마을이 있을 것이라고는 상상도 하지 못했기 때문이다. 남체가 장이 서는 중간 기착지라는 것을 알고는 있었지만 이토록 큰 마을이 형성되어 있을 것이라고는 예상하지 못했다. 오밀조밀한 골목에 상점도 많았고 숙박시설도 가득했다. 심지어 인터넷 카페까지 들어서 있었다. 물론 위성을 이용하는 인터넷이라 속도도 느리고 가격이 너무 비싸서 사용할 엄두가 나지 않을 정도였지만 그 모든 것이 나에게는 충격이었다. 그리고 더욱 많은 것은 사람들이었다. 이곳까지 오면서 다른 트레커를 만난 것이 두세 번에 불과했던 것을 생각하면 너무 많은 사람들이 북적대고 있었다. 모두들 비행기를 타고 루크나를 통해 단숨에 남체에 도착한 트레커들이었다.

혼란스러웠다. 일주일 동안 외롭기는 했어도 그 외로움에 깊이 길들여져 있었던 모양이다. 내가 걸어온 길은 고독하고 쓸쓸한 것이었다. 그리고 그렇게 고독하고 쓸쓸한 길 끝에 하얀 에베레스트 하나가 있기를 바랐거나 그러기를 원했다. 절뚝절뚝 다리를 절면서 3,000미터가 넘는 산을 하루에도 몇 개씩 넘고, 깊은 산허리를 돌면서도 장엄한 에베레스트 하나만을 상상하며 견뎌왔다. 고독하게 서 있는 하얀 산 하나와의 조우만을 기대하며 걸어왔던 길이기에 남체에 도착한 나는 어리둥절하고 서글퍼졌던 게다.

물론 남체의 시장은 우리나라의 아주 작은 시골 장보다도 못한 크기였고, 기념품 가게와 식당, 카페들이 길게 늘어서 있다고 해도 이 역시 매우 협소한 규모였다. 하지만 일주일을 세상과 단절된 채 걸어왔던 내게는 느닷없이 엄청난 세상으로 툭 던져진 것처럼 어리둥절할 수밖에 없었다.

나는 남체의 어느 갈림길에서 한참을 서 있었다. 마치 길 잃은 미아처럼. 그리고 아주 많이 서글퍼졌다. 서울 구경을 한 번도 하지 못한 아이가 광화문 한복판에서 어디로 가야 할지 모르는 것처럼 망연자실했다. 심지어 내가 걸어온 길에 대한 정체성마저도 의심하지 않을 수 없었다. 내가 걸어온 길은 도대체 무엇이란 말인가. 그토록 고독했던 길은 모두 거짓이었단 말인가. 나는 내가 걸어온 길과 남체에 대해 심한 배신감까지 느끼고 있었다. 그래서 허탈했다. 장엄한 산 하나와의 조우를 꿈꾸며 그 힘든 길을 걸어왔는데, 도대체 이 혼잡한 세상은 어디에서 온 것인가. 아! 이것을 보려고 그 고생을 했단 말인가. 그렇다면 차라리 카트만두의 타멜거리가 더 훌륭했을 것이다. 트레킹에 대한 목적의식까지도 상실한 순간이었기에 숙소를 구해야겠다는 생각도 하지 못했다. 내가 무엇인가에 한참을 속고 있었거나 진실과 동떨어진 허상

만을 좇았던 바보가 아니었을까 싶었다.

　한참을 넋을 놓고 있다가 정신을 가다듬고 골목을 걸었다. 몇곳을 둘러본 뒤 적당한 숙소를 잡았다. 우선 샤워부터 하기로 했다. 밀린 빨래도 해치웠다. 빨래라고 해봐야 대충 비누칠을 하고 주물럭주물럭 주무른 후에 헹구는 것이 전부지만 속옷까지 갈아입고 나니 한결 개운했다. 샤워를 하면서 며칠 만에 면도까지 마쳤다.

　나를 혼란에 빠뜨렸던 거리로 다시 나섰다. 그것은 일종의 탐색이었다. 레스토랑, 기념품 가게, 등산장비 용품점, 인터넷카페 등 여전히 나에게는 번잡하고 이질적인 풍경이었다. 하지만 차분해진 마음 덕분인지 한결 가벼운 마음으로 그것들을 지나칠 수 있었다. 어쩌면 남체는 아담하고 포근한 마을이었다. 아기자기한 상점들과 골목은 지친 여행자가 쉬기에 더없이 좋은 곳이고, 한편 정겨운 풍경이기도 하다. 단지 카트만두를 떠난 일주일 동안 한적한 산악 마을만 지나오면서 너무 빨리 그 풍경들에 적응했던 나 자신이 문제였다.

　상점들이 끝나는 지점에 계단 형식으로 이루어진 언덕이 있었고 그곳이 바로 장터였다. 그리고 장터를 지나면 바로 동네 어귀다. 나는 마을 입구까지 걸어갔다가 Y를 만났다. 녀석은 동구밖에서 나를 기다리고 있던 참이었다. 내가 오늘 3~4시쯤 도착할 것으로 예상하고 나를 마중 나온 것이라고 했다. 하지만 나는 그의 예상보다, 그리고 나의 예상보다도 이른 2시쯤 남체에 도착했던 것이다.

　"오늘 올 줄은 어찌 알고?"

"설마 나보다 이틀이나 늦지는 않을 것 같았지."

밉기도 하고 반갑기도 했다. 은근히 걱정을 했는데 사고가 없어서 다행이었지만, 사전 예고도 없이 나를 버리고(?) 간 것을 생각하면 화가 나기도 했다. 나보다 앞서 있거나, 혹시 뒤처져 있더라도 사고만 없기를 바랐다. 그런 점을 생각하면 다행이었다. 하지만 적지 않게 걱정을 했던 것도 사실이다. 오늘 관리사무소를 지나면서도 동양인 남자가 통과하지 않았다는 이야기를 듣고 오만가지 생각이 오갔었다. 만약 길이 엇갈려서 나보다 뒤에 있다면 내가 앞서 있는 것도 모른 채 나를 기다리며 녀석의 트레킹이 자꾸만 늦어질지도 모르기 때문이었다. 그래도 마을 어귀까지 나와서 나를 기다리고 있었던 것을 생각하면 고마운 녀석이다.

우리는 장터를 둘러보다가 각기 오렌지를 10개씩 샀다. 하나에 5루피였으니 상당히 비싼 가격이었지만 깊은 산으로 들어갈수록 더 비싸질 테니 이곳에서나마 충분히 비타민을 섭취하려는 목적이었다. 어쩌면 돈이 있다고 해도 앞으로는 오렌지를 구경하기 힘들 수도 있었다. 산중 마을은 모든 물자가 귀했고 그만큼 가격도 비쌌다.

우리는 밥을 먹으러 내가 잡은 숙소로 갔다. 점심때는 지났고 저녁을 먹기에는 너무 이른 시간이었지만 녀석이나 나나 출출했다. 숙소에 딸린 식당에서 식사를 마치고 다시 밖으로 나갔다.

"커피 마시러 가자. 내가 살게. 설마 100루피가 넘지는 않겠지."

녀석의 선심에 나는 이렇게 대답했다.

"100루피 넘어도 사."

우리는 어설픈 노천카페에서 카푸치노를 마셨다. 모처럼 즐기는 여유였

다. 카트만두를 출발한 이후 걷는 것 이외에는 아무것도 없었다. 힘겨운 시간이 지나고 이제야 비로소 무거운 배낭을 내려놓고 잠시 휴식을 취하는 것이다. 더욱이 남체까지 온 것은 1차 관문을 통과한 것이나 다름없었다. 때문에 몸도 마음도 한결 여유가 생겼다.

이곳까지 오면서 우리는 헤어짐과 만남을 반복했지만 이제부터는 함께 갈 것이다. 어차피 해발 3,500미터가 넘으면 하루에 500미터 이상 고도를 높이는 것은 위험한 일이기 때문이다. 이제부터 본격적으로 고도를 높이기는 하겠지만 급격한 고도 상승은 고산병에 걸린 위험이 높았다. 산소 부족으로 산행은 힘들어져도 다행히 걸음은 지금까지보다 더욱 느리게 놀려야 했다.

우리는 카트만두에서의 만남이 초면이었지만, 사실 녀석과 나는 거미줄 같은 여행자의 틀 속에서 한 다리만 건너도 줄줄이 인연이 이어졌다. 내가 갖고 있는 여행자의 인연과 녀석이 갖고 있는 여행자의 인연이 상당 부분 중첩되고 있었기 때문이다. 우리는 서로에게 연결된 고리들과 동갑이라는 공감대 덕분에 쉽게 모든 벽을 허물어버렸다. 카트만두에 머무는 동안 종종 '막걸리'를 마시러 몇몇 술집을 전전했고, 트레킹에 필요한 물품들을 구입하기 위해 쇼핑을 다니기도 했다. 이 여행이 끝나더라도 우리는 서울에서 멋진 친구로 남을 것이라고 확신했다.

여행자는 자신이 원하는 길을 가는 행복한 사람이지만 혼자서 떠돌아야 하는 외로운 존재이기도 하다. 나는 감히 삶과 외로움이라는 단어를 동일시했고, 외로움의 깊이를 이해하는 것은 삶의 깊이를 이해하는 것과 같은 것이라고 믿었다. 지금도 그 생각에는 변함이 없다. 때문에 외로움이란 감정을 애써 외면하지 않았으며, 솔직히 고백하자면 즐기기까지 했다. 어차피 사는 것은 혼자가 아닌가. 빈손으로 왔다가 홀연히 사라지는 것이 인생이고, 작은 바람에도 잎을 나부끼는 꽃잎들처럼 위태로운 것이 삶이다.

녀석은 그 부분을 너무도 잘 이해하고 있었다. 술에 취해서 한 번쯤 "여행이란 말이야!"라고 호기롭게 떠벌릴 수는 있겠지만 그 모든 것이 공허한 몸부림인 동시에, 여행이란 것 자체가 무거운 짐이란 것을 우리는 말없이 공감하고 있었다. 그래서 장황한 사설 없이도 그토록 술을 마셔댈 수 있었다.

하지만 1분 앞도 내다보지 못하는 것이 사람이다. 남체 이후에 죽음과 대면해야 하는 위험이 나를 기다리고 있으리라는 것을 이때는 알지 못했다. 그리고 이 트레킹이 녀석과의 마지막 여행이란 것도 이때는 상상조차 하지 못했다. 그저 여행을 말하지 않고도 여행을 공감할 수 있는 친구를 만난 것이 행복하고 기뻤을 뿐이다.

아! 가엾은 인생이여!

우리는 어디로 가고 있는가.

20 태양의 철인

남체에서의 첫 밤은 매우 불길한 것이었다. 일찍 잠자리에 들었지만 11시까지 잠들지 못하고 선잠을 잤다. 그리고 불운하게도 고산병 증세가 나타나기 시작했다. 가슴이 답답하고 메스꺼웠다. 토해버리고 싶었지만 시원하게 게워내지도 못했다. 추위도 심해서 양말은 물론이고 바지를 2개나 껴입었다. Y와 차를 마시고 헤어진 뒤, 숙소로 돌아온 시간은 6시 30분경이었는데 그때 이미 널어놓았던 빨래가 딱딱하게 얼어 있었을 정도로 남체의 기온은 매우 낮았다. 하지만 산악 마을에 있는 모든 숙소가 그렇듯 난방시설은 없었다. 부실한 침낭이 아쉬울 뿐이었다.

고산병 증세는 새벽 2시까지 멈추지 않았다. 페트병의 물을 반이나 마셨다. 물을 많이 마시면 조금이나마 도움이 된다는 정보를 읽었기 때문이다. 하지만 명치에서 느껴지는 답답함과 메스꺼움은 멈추지 않았다. 다행히 두통은 없었지만 겁이 나기 시작했다. 고도 적응을 위해 남체에서 하루 더 머물 계획이었지만 불과 3,400미터에서 이런 증세가 나타난다면 앞으로 어떤 일이 닥칠지 알 수 없었다.

물을 많이 마신 탓에 소변이 마려웠다. 결국 새벽 3시경 일어나서 화장실을 다녀왔다. 그리고 어느새 잠이 들었다. 하지만 다시 잠에서 깨어난 시간은 새벽 5시, 실내온도는 섭씨 4.6도. 결국 모자까지 쓰고 다시 잠을 청했다. 엎치락뒤치락을 반복하면서 잠깐잠깐 잠이 들었다가 결국 6시 40분에 잠자리를 털고 일어났다.

꿈을 꾸었다. 여행도 트레킹도 아닌, 그렇다고 운동 경기도 아닌 꿈이었다. 사람에 대한 꿈이었다. 사람의 발자국이 그토록 슬펐던 적은 없었다. 질퍽한 마라톤화에 흥건하게 물기가 묻어나던 발자국. 골백번을 더 묻고도 답을 찾아내지 못한 질문이 무중력 상태의 물체처럼 뇌세포 속을 부유하고 있었다.

왜 달리고 있는 것일까? 편한 길을 두고 나는 왜 이토록 고생을 자초하고 있는 것일까? 해답도 없는 물음과 질긴 싸움을 하고 있을 때 나를 앞서간 누군가의 발자국을 본 것이다. 그제야 나는 지친 고개를 들었고, 아주 멀리서 발자국을 남기며 달려가고 있는 한 선수의 뒷모습을 보았다. 그는 더위를 식히기 위해 물을 잔뜩 뒤집어쓴 채 오후의 햇살을 받으며 가물가물 흔들리고 있었다.

나는 철인3종 경기에 참가하고 있었다. 그러나 이날의 철인3종 경기는 여느 대회와 의미가 남달랐다. 이 경기는 1년 동안 총 4차전으로 치러지는 챌린지컵의 제2차전. 제1차전이었던 '24시간 마라톤 대회'에 이은 대회다. 이 대회의 명칭은 '태양의 철인'이고, 그 이름에는 나름의 이유가 있었다. 태양의 철인 대회는 1년 중 해가 가장 긴 하지에 열린다. 경기 출발 시간도 일출 시간인 오전 5시 10분 59초이고, 제한 시간은 일몰 시간인 오후 7시 56분 37초다. 즉 1년 중 해가 하늘에 가장 오래 머물러 있는 날 열리는 대회이며, 태양이 머물러 있는 시간에만 뛸 수 있는 대회다.

물론 이 대회는 챌린지컵 참가자 이외에, 오로지 태양의 철인 대회에만 참가하는 선수도 여럿이 포함되어 있었다.

3.8킬로미터를
헤엄치다

　늘 그렇듯 숙소를 떠나기 전 샤워를 하고 면도까지 말끔히 마쳤다. 목욕재계까지는 아니지만 대회가 있는 아침이면 그 어느 때보다 정갈한 몸가짐을 하려는 것이 나의 습관이다. 대회 물품들을 차근차근 정리하고 출발 장소인 성산 일출봉 수마포구에 내려가보니 안개가 짙게 드리워 있었다. 390미터 전방에 떠 있는 수영 반환점 기구가 가물가물하게 보였다. 아직 해가 뜨지 않았기 때문에 차량의 헤드라이트를 켜서 기구를 비추고는 있었지만 안개와 어둠 때문에 선명하지 못했다. 그러나 정작 문제는 수경을 쓴 뒤였다. 대부분의 수경에는 색이 들어가 있어 선글라스와 비슷한 효과가 있는데, 빛이 부족한 상태에서 수경까지 쓰고 나니 앞에 무엇이 있는지 아무것도 식별을 할 수 없었던 것이다. 당황스러웠지만 달리

방법이 없었다.

일출 시간인 새벽 5시 10분 59초에 정확하게 출발 신호가 울렸다. 정말 그 어떤 표식도 보이지 않는 상황이었지만 일단 수영을 하며 바다로 나아가야 했다. 무언가 표식이 있는 것 같아서 열심히 수영을 해서 가보니 그저 작은 부표에 불과했다. 하기야 390미터 전방에 떠 있는 기구가 그렇게 가까울 리가 없었다. 좀 더 먼 바다를 향해 수영을 했지만 반환점은 보이지 않았고 어쩌면 내가 전혀 엉뚱한 방향으로 수영을 하고 있을지도 모른다는 불안감 때문에 수영을 멈출 수밖에 없었다. 정신없이 전진만 하다가 수영하는 걸 멈추고 주위를 살펴보니 여기저기 흩어져서 나처럼 헤매는 선수들 몇이 보였다.

정말 많이도 헤맨 끝에 반환점을 찾았고, 겨우 턴을 해서 출발지로 돌아올 수 있었다. 다행히 두 번째 바퀴부터는 날이 밝아오면서 반환점이 정확하게 시야에 들어왔지만, 반환점까지 로프가 설치되어 있지 않은 상황에서 일직선으로 수영한다는 것은 너무 힘든 일이었다.

그렇게 네 번째 바퀴까지 마치고 마지막 다섯 번째 바퀴를 출발할 때였다. 채 반도 가기 전에 갑자기 바다가 엄청난 해무로 뒤덮이기 시작했다. 직감적으로 심상치 않다는 느낌이 들었기 때문에 전력질주를 하다시피 반환점을 향해 나아갔다. 다행히 반환점에 도착할 때까지는 시야가 확보되었다.

그러나 막상 반환점을 돌고나니 해안이 보이지 않았다. 목표 지점으로 정해야 하는 차량의 헤드라이트까지 보이지 않았으니 사태는 매우 심각했다. 10미터 앞도 보이지 않을 정도의 엄청난 해무였다. 그래도 어떻게든 앞으로 나아가야 했다. 최단거리를 위해 일직선으로 수영한다는 계획은 고사하고 해안에 제대로 도착할 수 있을지를 걱정해야 될 상황이었다. 그래도 턴을 했으니 설령 엉뚱한 방향으로 수영을 한다고 해도 수평선을 향해 나가지는 않을 것이란 생각에 무조건 앞으로만 나아갔다.

시간이 얼마나 지났을까. 어느 순간에 짙은 해무 속에서 흐릿하게 헤드라이트 불빛이 보이기 시작했다. 몇 분의 시간이 흘렀는지는 모르겠지만, 아무것도 보이지 않는 망망대해 속에서는 몇 시간처럼 느껴진 긴 시간이었다. 수영을 마치고 밖으로 나왔을 때 시간은 무려 1시간 40분이 지나 있었다. 최소 1시간 20분, 컨디션만 좋으면 1시간 15분까지 잡았던 목표와는 너무도 거리가 먼 기록이었다. 그래도 나를 앞서 나간 선수가 3명뿐이라는 진행요원의 설명을 듣고 조금은 안심할 수 있었다.

후에 들은 이야기지만 그때까지 5바퀴를 마치지 못했던 선수들은 해무가 걷히기를 기다리다가 다시 수영을 했으며, 아직 바다 속에 있던 선수들도 서로 자신의 위치를 알리기 위해 소리를 질러대는 심각한 상황의 연속이었다고 했다.

180.2킬로미터의 사이클링

사이클은 12회전을 하게 되어 있었다. 그러나 출발부터 예기치 못한 사고가 발생했다. 불과 12킬로미터를 달렸을 때 펑크가 나버린 것이다. 이번 대회에서 사용한 바퀴는 튜브가 없는 최고급 경기용 휠이었다. 나름대로 기량도 향상되었고, 기록에도 욕심이 생겨 조금 무리해서 구입한 휠 세트였다. 하지만 제주에 내려오면서 구입한 휠이었기에 펑크에 대비한 직접적 경험이 없었던 것이 문제였다. 여느 휠처럼 타이어 속의 튜브를 교체하는 제품이었다면 5분 이내에 타이어와 튜브를 분리한 뒤 새로운 튜브로 교체할 수 있었을 것이다.

더욱이 문제는 내게 예비 타이어가 없었다는 점이다. 이전의 휠과는 전혀 다른 방식의 휠이었기에 펑크가 나도 스스로 타이어를 교체할 능력이 없어서 아예 예비 타이어를 소지하지 않고 경기에 참가한 것이다. 대신 대회 전날, 튜브 교환형인 이전 휠 세트를 주최측에 맡겨두었는데 펑크가 나면 수리를 하는 대신 휠 세트를 통째로 교체할 생각이었다.

경기를 중단하고 조금 기다리니 반환점을 통과하고 달려오는 선수가 있었다. 보급소에 도착하면 주최측에 내 휠 세트를 가져다달라는 말을 전해달라고 부탁했다. 그러나 시간이 지나도 내 바퀴는 좀처럼 도착하지 않았다. 사실 아직도 수영을 끝내지 못한 선수들이 있었기 때문에 주최측 차량이 수영 경기 지점에 있을 것이고, 나의 휠 세트가 그렇게 빨리 올 것이라고 기대하지는 않았다. 하지만 30분이 지나면서는 안절부절 할 수밖에 없었다. 나보다 늦게 수영을 마친 선수들이 지나갈 때마다 마음은 더욱 불안했다.

다행히 나를 추월한 선수들 모두는 태양의 철인 대회에만 참가하는 선수들이었기에 엄밀히 말하자면 나의 경쟁자는 아니었다. 그러나 40분이 지나자 챌린지컵 도전자 1명이 지나갔고, 1시간이 지나자 또 다른 도전자 1명마저 지나갔다. 챌린지컵 도전자들과 점점 벌어지는 시간 차이를 어떻게 좁힐 것인지 고민이 시작되었다. 시간은 자꾸만 흘렀고, 수영하고 나온 뒤라 옷도 마르지 않았는데, 바람까지 불어서 체온이 점점 떨어지기 시작했다. 더욱이 경기 출발이 일출 시간이었기 때문에 아직은 이른 아침이었다.

차량이 도착한 시간은 펑크가 나고 정확히 1시간 20분이 지난 뒤였다. 그러나 불행은 아직도 끝나지 않았다. 그 차량에 내 바퀴가 실려 있지 않았다. 그토록 부탁을 했음에도 대회본부에 정확한 상황이 전달되지 않았던 것이다. 대회 관계자는 잠시 고민을 한 뒤 바퀴를 실으러 가는 것보다는 택시 회사에 전화해서 바퀴를 가져오도록 부탁하는 것이 빠르다고 판단했다. 차량이 움직이는 편도 시간을 아낄 수 있기 때문이었다. 택시를 기다리는 시간에 오한까지 느끼던 나는, 차량에 실려 있던 은박 돗자리를 뒤집어쓰고 있어야 했다.

10분 뒤 대회 참가자의 응원을 나온 승용차가 우리 앞에 멈춰섰고, 다행히 그 차량에는 자신이 응원하는 선수의 예비 휠 세트를 싣고 있었다. 1분이 아쉬웠던 나는 그들의 바퀴를 장착하고 출발하기로 했다. 펑크가 난지 정확하게 1시간 40분이 지난 뒤였다. 첫 번째 반환점을 돌고 두 번째 반환점을 향해 달리고 있을 때 택시로부터 전달받은 휠 세트를 실은 주최측 차량이 나를 추월해갔고, 반환점에 도착해서 내 휠 세트로 교체했다.

이제는 죽을힘을 다해 달리는 일밖에 없었다. 1시간 40분을 지체하는 사이 모두들 나를 추월해갔고, 이제 내 뒤에는 단 한 사람도 없는 상황이었다. 정말 열심히 달렸다. 차근차근 거리를 좁히고 몇몇 선수들을 추월해나가기 시작했다. 그러나 쉬운 일이 아니었다. 1시간 40분이란 시간은 너무 큰 격차였으며, 오히려 오버페이스로 인해서 경기 전체를 망칠 수도 있는 상황이었다.

하지만 사이클에서 나의 불운은 계속되었다. 6바퀴를 돌고난 뒤 파워젤이 희석된 수통을 교체할 계획이었는데, 이름까지 적어서 보급소에 맡겨둔 수통은 찾을 수가 없었다. 장거리 코스에서 개인이 준비한 보급식을 관리하는 것은 주최측의 의무였다. 다음 회전에서도, 그리고 그 다음 회전에서도 그들은 내 수통을 찾아놓지 못했다. 이쯤에서 화가 나기 시작했지만 감정을 표출해봐야 도움이 될 것은 아무것도 없었다. 결국 그 다음 회전에서야 내 수통을 건네받을 수 있었다. 이미 내 수통은 비어 있었고 1회전이 약 15킬로미터였으니, 수통이 비어 있는 상태에서 30킬로미터나 주행한 것이다.

마지막 두 바퀴는 무슨 생각으로 페달을 돌렸는지 기억이 없을 정도로 무기력함을 느꼈다. 그저 아직은 포기할 수 없다고, 좀 더 힘을 내야 한다고 자신을 끊임없이 다독여야만 했다. 다행히 사이클을 마칠 때는 2명의 챌린지컵 도전자를 모두 추월할 수 있었다. 이제 특별한 불운이 다시 오지 않는 한 챌린지컵 1위는 지킬 수 있다는 자신감이 생겼다.

42.195킬로미터를
달리다

사이클을 마친 시간은 오후 3시가 되어갈 무렵이었다. 아직 나에게 남은 체력이 어느 정도인지 판단하기는 어려웠지만 분명한 것은 너무 지쳤고 다리가 천근만근으로 무거웠다는 사실이다. 마라톤 코스는 총 4바퀴를 돌아야 했다. 그러나 내 발은 그야말로 쇳덩이였다. 뿐만 아니라 사이클을 타면서 고통스러웠던 맞바람은 마라톤에서도 변함이 없었다. 양쪽 반환점과 중간 보급소를 지날 때마다 머리에 얼음물을 뒤집어써야 할 정도로 몸은 뜨거운 열기로 가득했다.

두 번째 바퀴를 돌면서 다행히 사이클에만 적응되어 있던 다리가 풀리면서 몸이 조금씩 가벼워졌고 속도도 점점 높일 수 있었다. 그러나 그것도 잠시, 세 번째 바퀴를 돌면서 몸이 자꾸만 가라앉는 느낌이었다. 다리도 다시 무거워지기 시작했다. 체온도 주체할 수 없을 정도로 높았다.

내가 그 발자국을 본 것은 그 때였다. 몸은 점점 지쳐갔지만 그래도 뛰는 것만은 멈추지 않기 위해 안간힘을 쓰고 있을 때, 나를 앞서간 누군가의 발자국을 본 것이다. 젖은 마라톤화가 남긴 선명한 발자국은 말발굽을 닮아 있었다. 그제야 나는 지친 고개를 들고 앞을 바라보았다. 멀리서 오후의 햇살을 등에 받으며 뛰어가는 한 선수의 모습이 무척 슬퍼보였다. 갑자기 가슴이 울컥하면서 주먹 만한 뜨거운 것이 목젖을 넘어오려고 했다.

아! 저기 외로운 사람이 또 하나 있구나! 아무도 지켜보지 않는 외로운 길을 달리는 사람들. 그 순간 우리 모두는 그 먼 길을 달리고 또 달리는 동지들일 뿐이었다. 우리 모두 힘들지만 조금만 더 참고 뛰어보자. 소리를 질러도 들리지 않을 거리였지만 나는 그렇게 서로를 위로하며 다시 힘을 냈다. 마지막 바퀴의 턴을 하면서 다시는 지긋지긋한 이 길을 달려오지 않아도 된다는 생각을 하니 후련했다. 한편으로는 고단했던 길을 오래도록 함께 걸었던 친구를 떠나보내는 것처럼 쓸쓸하기도 했다.

이윽고 끝날 것 같지 않던 경기도 종착역이 보였다. 멀리 골인 지점이 보이기 시작한 것이다. 나를 알아본 진행요원들은 환호성을 울리며 서둘러 결승 테이프를 펼치고 있었고, 나 역시 그날의 마지막 구간을 힘차게 달려서 최대한 멋진 자세로 결승 테이프를 끊었다. 그렇게 그날의 긴 여정은 끝이 났다.

그날 내가 세운 기록은 14시간 15분 31초였다. 펑크로 1시간 40분을 허비하기는 했어도 애초의 목표였던 11시간 15분과는 거리가 먼 기록이었다. 물론 목표 기록을 달성하지 못한 것에는 경기의 흐름이 깨진 것도 주요한 원인으로 작용했을 것이다. 그래도 다행인 것은 챌린지컵 제1차전에 이어 제2차전 역시 1위로 마침으로써 승점 50점을 확보했다는 점이다. 이제 남은 것은 9월 추분에 열리는 '100킬로미터 아웃리거 카누'와 12월 동지에 열리는 '100킬로미터 스키 크로스컨트리'다. 남은 종목은 경험이 부족하여 힘든 경기가 될 것으로 예상된다. 하지만 나는 최선을 다할 것이다. 남들이 못해서 차지하는 우승보다 설령 꼴지를 하게 되더라도 열심히 노력한 결과라면 그것이 더욱 가치 있다고 생각하기 때문이다. 어쩌면 나는 도전을 통해서 그런 스포츠 정신을 조금씩 깨닫고 있는지도 모를 일이다.

21 신발 이야기

Y와 나는 하루 종일 남체 이곳저곳을 쏘다녔다. 남체는 제법 매력적인 마을이었다. 산간 마을이라 비탈에 층층으로 건물이 들어서 있었고, 마을 맞은편에는 6,000미터급 설산이 버티고 있어서 풍광도 수려했다. 규모는 작아도 여행자에게 필요한 것이 대부분 갖춰져 있을 정도로 편리하고 아기자기한 마을이다.

처음 남체에 도착하자마자 느꼈던 이질감은 온데간데 없이 사라져버렸다. 하지만 고도가 높아서 몇 개의 계단만 올라도 숨이 차올랐고, 사진을 찍기 위해 아주 짧은 순간 호흡을 끊은 뒤에는 몇 번이고 심호흡을 반복해야 했다.

우리는 시장에 갔다가 어제처럼 오렌지를 구입했고, 부실한 침낭을 대신해서 보온용 바지도 추가로 구입했다. 그리고 루트만 옮겨 적은 코스로는 도저히 답답해서 지도를 한 장 구입했다. 대신 트레킹이 끝난 뒤에도 기념으로 간직할 만한 지도로 선택했다. 그리고는 전날처럼 노천카페에서 여유롭게 카푸치노를 마셨다. 고도 적응을 위한 휴식이었다. 카트만두를 떠나서 처음으로 산행을 중단하고 편안한 시간을 보내니 세상 그 무엇도 수용할 수 있을 정도로 마음에 여유가 생겼다. 뿐만 아니라 모든 것이 아름답게 보일 만큼 세상을 바라보는 시선도 한결 부드러워졌다.

무엇보다 남체에서 내가 한 가장 중요한 일은 신발을 수선한 것이다. 내가 신고 있던 신발은 등산화가 아니었다. 그렇다고 기능성이 강화된 운동화도 아니다. 도시에서나 신을 수 있는 천으로 만들어진 캐주얼 스타일의 신발이었다. 카트만두에서 등산화를 구입할까 고민했지만, 트레킹이 끝나고나면 여행을 마칠 때까지 짐이 될 것이 뻔해서 망설이다 포기했다. 물론 현지인의 조언을 구했는데, 그들의 설명에 의하면 11월은 아직 눈이 내리기 전이어서 내가 신고 있던 신발로도 트레킹이 충분하다고 했다. 하기야 슬리퍼나 심지어 맨발로 산을 오르던 지게꾼들을 생각하면 전혀 틀린 이야기는 아니었다.

하지만 내 신발은 생각보다 매우 부실했다. 도시에서만 신었다면 아무 문제가 없었겠지만 산을 오르고 내리기에는 문제가 많았다. 특히 봉제선 없이 접착제로만 만들어진 신발이라 트레킹 첫날부터 밑창이 벌어지기 시작했다. 이튿날은 왼쪽 밑창이 완전히 떨어져서 트레킹을 계속할 수 없는 지경에 이르렀다. 결국 점심을 먹었던 켄자Kenja에서 신발 수선이 가능한 곳을 찾았었다. 처음 식당 주인은 자신의 가게에서 무엇인가 열심히 찾았는데, 말은 통하지 않았지만 접착제를 찾는 게 분명했다. 하지만 식당 어디에도 접착제는 없었다.

식당 앞에서 이런 모습을 지켜보던 청년 하나가 자신이 알아보겠다며 어디론가 사라졌다. 다시 돌아온 그는 신발 수선이 가능한 곳이 있다며 따라오라고 했다. 그가 안내한 곳은 마을 구석의 대장간이었다. 사실 그 대장간은 규모나 시설 면에서 대장간이라기보다 헛간이 연상될 정도였다. 하지만 대장장이는 꽤 노력하는 모습이었다. 얇은 철사를 달구어 즉석에서 커다란 바늘을 만들었고, 부대자루의 날실을 풀어서 신발을 꿰매기 시작했다.

하지만 신발 수선은 성의만으로 될 일이 아니었다. 경험이 더 중요했다. 바늘땀 간격도 허술했지만 즉석에서 만든 바늘이 워낙 두꺼워 신발을 꿰매는 게 아니라 찢는 형국이었다. 사용한 실 또한 부대자루의 날실이었으니 비닐과 다를 것이 없었다. 더욱이 그는 일정한 간격을 유지하지 않고 자꾸만 기존 바늘땀 바로 옆에 또 바늘을 찔러 넣었다. 그러니 밑창이 자꾸 찢어질 수밖에.

그럼에도 그는 수선비로 100루피를 요구했다. 만약 신발이 온전하게 수리되었다면 나는 기꺼이 그 비용을 지불했을 것이다. 하지만 그의 노력에도 불구하고 신발은 종전보다 더 엉망이 되어버렸다. 하지만 신발을 망쳐놓았다고 비용을 지불하지 않을 수도 없는 일. 결국 50루피에 절충을 보았다. 그리고 그가 손보지 않은 다른 부위를 추가로 꿰매도록 부탁하고 100루피를 지불했다. 솔직히 표현하자면 대장장이는 머리가 나쁜 아저씨였다. 그에게는 미안한 이야기지만 아무리 경험이 없다고 해도 그의 실력은 참으로 엉망이었다. 대장간에서 신발을 수선한 것이 실수였지만 너덜거리는 밑창으로 등산을 계속할 수는 없었다. 하기야 그 대장간이 아니었다면 신발과 발등을 줄로 묶은 채 산을 올랐어야 할지도 몰랐다.

하지만 남체의 신발 수선꾼은 전문가답게 매우 능숙한 솜씨를 보였다. 신

발의 구조상 접착제를 사용할 수 없었음에도 완벽하게 수선을 마쳤다. 고무와 천이 맞닿는 부분을 완전히 한 바퀴 돌려서 바느질을 했고, 실도 매우 튼튼해 보였다. 그럼에도 켄자의 대장장이보다는 훨씬 짧은 시간에 수선을 마쳤다. 워낙 꼼꼼하게 수선을 마쳐서 마음이 든든했다. 처음 신발을 구매했을 때보다 오히려 더 튼튼한 신발이 되었다. 이 신발이라면 베이스캠프가 아니라 에베레스트 정상이라도 오를 수 있을 것 같았다. 수선비 150루피가 전혀 아깝지 않을 정도다.

"그런 신발을 신고 베이스캠프에 가겠다는 사람은 아마 너밖에 없을 거야."

Y의 말이다.

모처럼의 휴식은 그렇게 지나갔다. 무릎 통증 때문에 Y가 가지고 있던 압박붕대를 감고 다녔지만 그래도 즐거웠다. 밤새 보였던 고산병 증세도 더 이상 나타나지 않았다. 산소가 부족한 것 이외에는 불편한 게 없었다. 다음 날 새로운 출발을 꿈꾸며 Y와의 풍족한 저녁식사로 하루를 마무리했다.

2

차가운
새벽의 꿈

초저녁엔 무사히(?) 잠이 드는 듯했으나, 새벽 1시에 잠에서 깨고 말았다. 다시 고산병 증세가 시작된 것이다. 먹었던 저녁도 소화되지 않았고 가슴이 답답했다. 이런 증세가 계속해서 이어진다면 저녁을 훨씬 일찍 먹거나, 아주 소량만 섭취해야 할 것 같았다. 괴로운 시간을 보내더라도 시계는 확인하지 않으려고 애썼다. 그랬다가는 잠이 완전히 달아날 것 같았다. 하지만 너무 지루하고 괴로워서 결국 시간을 확인해보니 새벽 2시. 그리고는 깜빡 잠이 들었다. 그리고 다시 눈을 뜬 것은 새벽 5시.

잠에서 깨는 순간, 꿈에서 느꼈던 감정이 고스란히 남아 있는 이상한 일이 벌어졌다. 이런 특별한 경험은 흔한 일이 아니었다. 아주 예전, 아마 20대 무렵이었을 것이다. 엉엉 울던 꿈을 꾸다가 깨어나서는 꿈속에서의 감정이 생생하게 남아서 잠에서 깨어난 뒤에도 계속해서 통곡을 했던 기억이 있다.

그때와 매우 흡사한 경험이었다.

꿈에서 나는 긴 여행을 마치고 돌아온 듯싶었다. 그들은(?) 나의 여행을 아름다운 일로 여겨주었고, 나는 그들과 함께 무엇인가 하기 위해 어디론가 움직였다. 우리가 어딘가에 도착했을 때, 그들 중 누군가 몇 시까지 택시 4대를 대기시켜달라고 내게 부탁했다. 그들 중의 리더였다. 그러나 그것은 지시가 아니라 매우 정중한 부탁이었다. 그 부탁은 내가 아니어도 가능한 일이었고, 오히려 내가 택시를 예약하러 가기에는 적절하지 않은 분위기였다. 그런 이유 때문에 그는 나의 기분이 상하지 않도록 최대한의 예의를 갖추고 부탁했다. 나중에 알게 된 일이지만, 그것은 나를 잠시 다른 곳으로 보내기 위한 핑계에 불과했다. 내가 없을 때, 나를 잠시 다른 곳으로 보내고 그들끼리 무엇인가 준비할 것이 있었던 것이다.

흔쾌히 그의 부탁을 수락했다. 택시 기사들이 있는 곳에 가서 택시를 예약하고 돌아왔다. 내가 도착했을 때, 누군가 나에게 2장의 카드를 내밀었다. 카드 하나를 펼쳐보았다. 왼쪽 면에 정성스럽게 말린 압화가 붙어 있었고, 꽃 한가운데 한자가 적혀 있었다. 그리고 압화 오른쪽에 '박동식'이라는 내

이름이 적혀 있었다. 그 압화는 내 이름 앞을 정성스럽게 장식한 모양새였다. 하지만 나는 꽃 한가운데 적힌 한자를 읽을 수 없었다. 아무리 읽으려고 해도 그 글씨가 읽히지 않았다. 그럼에도 나는 그 글씨를 자꾸만 '고故'라고 읽었다. 하지만 그 한자는 분명 故자는 아니었다. 아무리 애를 써도 읽히지 않는 한자와, 故자가 아님에도 한사코 故라고 읽는 자신이 꿈속에서도 의아했다.

내 이름 밑에는 숫자도 적혀 있었다. 그 숫자에는 우리들이 함께 했던 날들을 아름답게 기억한다는 의미가 담겨 있었다. 적어도 꿈속에서 나는 그 숫자의 의미를 그렇게 이해했고, 그들 역시도 그런 의미에서 그 숫자를 적어놓았다. 숫자는 4자리 수였다. 하지만 나는 그 숫자를 기억하지 못했다. 다만, 가장 앞의 숫자가 4라는 것만 기억할 수 있었다. 결국 그 수는 4,000단위의 수였다. 그 카드의 오른쪽 면에는 무엇이 적혀 있는지 기억나지 않았다.

공교롭게도 그날은 나의 생일이었다. 때문에 그 카드는 축하와 이별의 의미를 모두 품고 있었다. 그들은 나의 생일도 축하하면서, 동시에 우리가 이제는 이별해야 한다는 의미의 카드를 준비한 것이다. 나를 잠시 다른 곳으로 보

낸 사이에 말이다. 물론 그것은 슬프지만 나를 위한 작은 이벤트였다.

다른 카드 하나는 이전 것보다 조금 더 큰 것이었다. 그것을 펼쳐보니 깨알 같은 글씨로 **빽빽**하게 채워져 있었다. 나는 카드에 적힌 내용을 읽기 전에 그들을 찾아보았으나, 이상하게 그들이 잘 보이지 않았다. 그래서 나는 그들이 이미 나를 떠난 것인지도 모른다고 생각했다. 내 옆에는 나에게 카드를 주었던 사람만 남아 있었다. 그는 슬퍼하는 나를 말없이 지켜만 보았다. 잘 읽히지 않는 상황에서도 나는 어렵게 3~4줄의 글을 읽고는 무척 슬퍼졌다. 물론 그 내용 역시 기억나지 않았다. 분명한 것은 슬프고, 아련하고, 애틋하다는 것뿐이었다.

그러다 꿈에서 깨어났다. 하지만 꿈속의 감정이 너무도 생생했다. 그들과 나는 이별을 슬퍼했지만, 그렇다고 너무 아쉬워하지 말자고 서로를 위로하는 눈길을 주고받았다. 그것은 슬프고도 아름다운 감정이었다. 마치, 지긋이 미소를 지으며 한줄기의 눈물을 흘리는 모습이라고 할까. 글 내용도 그러했다. 우리 모두에게 이 이별이 서글프고 아픈 것이지만 받아들일 수 있을 정도의 성숙미를 간직하고 있었던 것이다. 우리는 만남과 이별 모두가 삶의 한 부분임을 이해하고 있었다.

글을 읽다가 깨어난 새벽, 실내는 너무도 추웠다. 3~4줄 밖에 읽을 수 없었던 편지. 꿈속의 애절함이 너무도 생생한 가운데, 나는 침대에 누워서도 내가 읽지 못한 나머지 글들의 내용을 짐작할 수 있었다. 그것은 우리가 함께했던 날들의 기뻤던 일, 슬펐던 일, 화났던 일, 고생했던 일…. 그 모든 것들을 아름다운 글로 적어나간 것이었다. 나는 어둠 속에 누워서 슬픔에 젖어 있었다. 꿈속의 감정이 여전히 내 주변을 감돌고 있었다. 그것은 방금 전 각별히 사랑하는 누군가를 멀리 떠나보낸 감정과 그리 다르지 않았다.

한편 내 이름 앞에 적혀있던 고故자가 마음에 걸렸다. 꽃잎 한가운데 새겨넣은 한자. 나는 뜬금없이 그 의미를 산에 가지 말라는 뜻으로 이해했다. 그것은 작위적인 의미의 해석이 아니었다. 매우 자연스런 일이었다. 꿈에서 깨어났지만 여전히 꿈이 이어지고 있는 것 같았다. 꿈속에서 다 이해하지 못한 것을 꿈에서 깨어난 다음 알게 된 것이라고 말할 수 있었다. 그 순간 나는 '암시'라는 단어를 떠올렸다.

그들을 만나기 전, 나는 화장실에 쓰러진 누군가를 발견하고 안전한 숙소에 옮겨서 재워주었다. 화장실에 쓰러진 그는 잠자듯 누워 있었지만, 실은 정신을 잃고 쓰러진 상태였다. 하지만 이것이 그들과의 만남과 연결되는 하나의 꿈인지, 아니면 별도의 꿈인지는 구분할 수 없었다.

그들이 내게 카드를 내밀기 전, 누군가 리더에게 술을 한 잔 마셔야 되는 것이 아니냐고 물었다. 하지만 리더는 어차피 오늘 저녁 '나(박동식)' 때문에

술을 마셔야 하니 그때 함께 마시자고 했다. 그가 내 이름을 부르지는 않았지만 나는 분명 그 '나'가 내 자신을 지칭하는 것임을 알고 있었다. 그리고 리더의 대답에는 미묘하고 복합적인 의미가 담겨 있었다. 술은 단순히 축하만을 의미하는 것이 아니라, 어렴풋이 뭔가 또 다른 것을 준비할 때가 되었다는 뜻이 포함되어 있었다. 나는 꿈속에서 분명 그렇게 이해하고 해석했다.

그들이 주었던 카드는 정말 예쁜 카드였다. 이전에 나는 그렇게 예쁘고 정성 가득한 카드를 본 적이 없었다. 어찌보면 나와의 이별을 통보하는 내용이기도 했으나, 그들에게도 나와의 헤어짐이 너무 힘든 일이란 것이 여실히 느껴지는 카드였다. 하지만 삶이란 게 뜻대로만 되는 것은 아니지 않은가. 원하는 것만 맛보며 살 수도 없는 일이다. 이별이 슬퍼도 어쩔 수 없이 그 길을 가야 하는 순리 같은 것이 배어 있었다. 그리고 4로 시작하는 천 단위의 수 역시 우리가 함께 했던 지난날들을 기억한다는 의미에서 적은 것이 분명했다. 하지만 다른 영상들은 구차한 설명 없이도 그 의미들을 가슴에 사무치게 이해하고 있었으면서도 숫자만큼은 해석이 불가능했다. 단지 우리가 함께 했던 지난 날과 연관이 있다는 것만 확신할 수 있었다. 그것은 어쩌면 해독되지 않는 암호와도 같았다.

23 진정 넘어서는 안 될 선인가?

오늘의 목적지는 해발 3,860미터의 탕보체Tengboche다. 그러나 나는 아침부터 설사와 몸살 기운, 급체 증상까지 겹치면서 몸 상태가 말이 아니었다. 언제나 체력 하나는 자신 있었다. 그래서 나의 여행 상당 부분이 검소함을 추구하며 몸으로 때우는 일이 많았다. 그러나 이때만큼은 그 모든 자신감을 상실해버렸다. 힘들고 고통스러웠다. 나의 몸은 한마디로 종합병원이었다.

식욕도 없었지만 소화도 되지 않으면서 설사가 이어져서 결국 아침은 멀건 토마토 수프로 대신했다. 식당 메뉴에 차라리 죽이라도 있었으면 좋았으련만, 가볍게 먹을 수 있는 음식은 토마토 수프뿐이었다. 출발 전 바늘로 손가락 끝을 따기도 했지만 아무런 효과가 없었다. 이런 모든 증세가 고산병과 기생충 감염에 의한 것이었으나, 나는 나의 증세에 대해 정확한 원인을 파악하지 못하고 있었다. 약간의 고산병과 체한 것이라고만 생각했다.

남체를 떠나는 길은 곧바로 언덕이었다. 남체 마을이 언덕 중간에 위치해 있었기 때문이다. 하지만 남체를 넘어 정상에 섰을 때, 이전에 보지 못했던 가장 멋진 풍경이 펼쳐져 있었다. 길게 도열한 장엄하고 웅장한 설산. 그것은 거대한 자연의 파노라마였다. 하지만 아쉽게도 에베레스트는 구름에 가려 보이지 않았다.

더 이상 내리막은 없을 거라는 기대는 보란 듯이 깨지고 말았다. 길은 자꾸 아래로만 이어졌다. 내리막 가장 낮은 곳에 자리 잡은 음식점에서 점심을 먹었다. 계곡을 앞에 두고 외로운 존재처럼 집 한 채가 서 있었다. 그래도 그 식당이 나의 몸과 마음처럼 힘들지는 않을 것 같았다. 음식을 소화할 자신이 없어서 점심도 버섯 수프를 주문했다. 무기력증에 빠진 나는 음식을 기다리는 동안 의자에 길게 누워버렸다. 바닥에 깔린 모포에서 지독한 악취가 풍겼다. 한 번도 세탁을 하지 않은 것 같았다. 그럼에도 깜빡 잠이 들었다.

식당 바로 앞은 계곡이었다. 식사를 마치면 계곡을 건너야 하고, 다음은 고도를 600미터나 높여야 하는 오르막이다. 그래도 오늘은 트레킹 시간이 길지 않은 것이 다행이다. 아침과 점심을 모두 수프로 해결하고 나니 기운이 하나도 없었다. 정상 컨디션이 아닌 상태에서 제대로 된 음식 보충도 없었으니 체력이 바닥나는 것은 당연한 일이다. 몸은 물 먹은 솜덩이처럼 축축 늘어지고 있었다. 아마 말라리아 환자도 나보다는 거뜬한 걸음으로 산을 올랐을 것이다. 그래도 Y는 나의 보폭에 맞추어 천천히 걸었다.

탕보체에 도착해서도 저녁식사는 마늘 수프를 주문했다. 수프라고는 하지만 물과 다를 바가 없는 부실한 음식이었다. 저녁이 되자 얼굴에서 열이 오르기 시작했다. 증세가 완화되기는커녕 점점 심해지고 있었다. 비상약으로 갖고 있던 종합감기약 두 알, 그리고 Y가 갖고 있던 진통제도 두 알이나 복용했다. 이미 지사제까지 복용하고 있던 것을 생각하면 나는 밥보다 약을 더 많이 먹고 있었다.

탕보체는 물이 귀한 곳이다. 속옷을 빨기 위해 물을 달라고 했더니 세수대야에 딱 한 바가지를 부어준다. 이제부터는 세면도 쉽지 않다는 것을 알고는 있었지만 그래도 너무 야박했다. 그렇게 물이 귀한 곳에서 굳이 속옷을 빨아야 했던 이유는, 부끄럽지만 설사 때문이었다. 설사 증세가 워낙 중해서 거의 물과 같았다. 때문에 나의 의지와는 무관하게, 심지어 나도 모르는 사이에 물과 다를 것이 없는 배설물이 새어나왔다. 물이 부족해서 비누를 이용한 세탁은 꿈도 꿀 수 없는 노릇이었다. 맹물에 주물럭주물럭 문지르는 게 전부였다. 그래도 찜찜함을 어쩌지 못하고 한 바가지의 물을 더 부탁했다. 비누칠은 못해도 한 번 더 헹구기는 해야 할 것 같았다.

밤이 되어도 여전히 뱃속에서 부글부글 끓는 소리가 들렸다. 죽을 맛이었다. 가만 생각하니 하루 종일 물만 3잔 정도 마신 꼴이다. 아침부터 저녁까지 먹은 수프의 농도가 수프라는 말이 무색할 정도로 묽었기 때문이다. 하지만 배가 고프다거나 더 이상의 식욕은 없었다. 신기한 일이다.

밤새 설사 때문에 화장실을 몇 번이나 들락거렸다. 열이 내린 것을 제외하면 아침 역시 몸 상태는 달라진 것이 별반 없었다. 가슴이 답답하고 가끔씩 기침도 나왔다. 그리고 아침이 되면서 두통까지 시작되었다. 현재의 컨디션이 참아야 하는 것인지, 아니면 조금 심각한 수준인지 구분할 수가 없었다. 마음 같아서는 사우나에 가서 시원하게 샤워를 하고 땀을 뺀 뒤에 조금 나른

해지면 몇 시간이고 잠을 청하고 싶었다. 사실 이때처럼 사우나가 그리웠던 적도 없었다. 하지만 사우나는 고사하고 물이 귀한 곳이니 세수도 제대로 할 수 없었다. 사우나는 서울로 돌아가서나 가능한 일이다. 트레킹 중간에 물이 흐르는 곳이 있으면 그때라도 몸의 일부를 씻을 생각이었다. 그리고 식수로

가능한 샘물이 있는 곳이면 수시로 수통도 가득 채울 것이다.

아침의 일출은 장관이었다. 물론 지난 저녁에 보았던 일몰도 멋졌다. 일몰이 그랬던 것처럼, 일출 역시 에베레스트는 구름 때문에 볼 수 없었다. 그것은 수줍어서 면사포로 살짝 얼굴을 가린 신부의 모습 같기도 했다. 탕보체는 일몰과 일출 모두 훌륭했지만, 이곳은 일출보다는 일몰을 감상하기에 더 적합한 곳이었다. 히말라야의 그 어떤 봉우리보다 아름다운 아마다브람 Amadablam 뒤로 붉게 물드는 하늘을 볼 수 있기 때문이다. 아마다브람은 전원도시 포카라에서 바라보는 마차푸차레 못지않게 훌륭한 산세를 갖고 있었다. 히말라야 고봉들 대부분은 삼각뿔 형태의 산세지만, 아마다브람은 둥근 원기둥처럼 불끈 솟은 형세다. 때문에 웅장하면서도 육중한 무게감이 느껴졌다. 근육질 몸매를 자랑하는 보디빌더 같다고나 할까. 날카롭지 않으면서도 힘이 넘치는 모습이었다.

오늘은 페리체Pheriche까지 올라갈 것이다. 그곳에서 하루를 보내고 다시 로부체Lobuche까지 간다면 베이스캠프도 코앞으로 다가오게 된다. 이곳 탕보체가 해발 3,860미터, 페리체는 4,240미터다. 드디어 오늘 처음으로 4,000미터급 고지를 밟게 되는 것이다. 물론 지금보다는 고산병에 대한 우려가 더욱 커지게 된다.

여기까지 생각이 미치자,
갑자기 번뜩 머리를 스치는 것이 있었다.

지난 밤의 꿈. 꼭꼭 숨겨놓은 암호처럼 해독되지 않던 4,000단위의 숫자가 전광석화처럼 정수리를 내리쳤다. 나는 지난밤 꿈속에서 눈빛만으로도 그 모든 일들을 이해하고 있었으면서도 유독 그 숫자만큼은 구체적 의미를 해독하지 못했다. 우리가 함께 했던 날들 혹은 지나온 날들과의 연관성만 어렴풋이 가슴으로 느끼고 있었다. 오늘의 목적지 페리체의 고도가 4,240미터라는 부분에서 가슴이 섬뜩했다. 그 고도는 내 생애 가장 높은 고도다. 열흘 가까이 트레킹을 하면서도 나는 아직 그 고도는 올라보지 못했다. 나의 고산병 증세는 3,400미터를 전후하는 남체에서 시작되었다. 그것은 고산병을 앓는 사람들이 겪는 전형적인 고도다. 통계적으로 고산병은 3,500미터를 전후하는 고도에서 시작되는 것으로 알려져 있기 때문이다. 때문에 남체에 도착하면 고도 적응을 위해 이틀 이상 머물 것을 권하는 것이다. 물론 모든 사람이 고산병을 앓는 것은 아니다. 나와 동행하고 있는 Y 역시 너무도 멀쩡하게 산행을 하고 있었다. 고산병은 그 사람의 건강과도 무관한 일이다.

나는 그제야 지난밤의 꿈을 이해할 수 있었다. 그것은 복잡하게 얽힌 시간구조로 편집된 영화의 엔딩크레딧이 올라갈 때 비로소 재편집되는 이해와 같았다. 여러 조각의 퍼즐이 독립된 구조로 존재하는 것 같지만, 결국은 영화 말미에 그동안의 모든 사건들이 시간의 순서대로 머릿속에서 스스로 다시 짜이게 되는 것.

그들과 내가 이별해야 하는 것은 4,000단위의 숫자를 기준으로 하고 있었다. 그 숫자는 그동안 우리가 함께 했던 무엇과 밀접한 관계를 맺고 있었다. 즉 그 숫자 때문이거나 그 숫자에 이르면 우리는 다시는 볼 수 없게 되는 것이다. 꿈은 분명 그런 메시지를 담고 있었다. 하지만 나는 도대체 그 숫자가 구체적으로 어떤 것을 말하려 하는 것인지 알지 못했다. 함께 했던 날들의 산술적 분량인지, 서로가 간직한 추억의 추상적 숫자인지 의문만 들었다. 또한 그들에 대해서도 궁금했다. 나를 애틋하고 애처롭게 바라보던 그들 모두의 눈빛에는 나에 대한 애정이 가득했었다. 그들은 분명 나와의 추억들을 아련하게 음미하고 있었다. 그러면서도 그들이 누구인지는 알 수 없었다. 하지만 그들이 매우 소중한 사람들이란 것만은 알고 있었다.

그 꿈은 분명 예지몽이었다. 4,000미터 고지까지 올라가는 게 매우 위험한 일이란 걸 말해주는 메시지 같은 것이었다. 일종의 암시 같은 것. 과장되거나 허황된 이야기로 들릴 수도 있겠지만, 꿈속에서도 나는 매우 특별한 감정에 휩싸여 있었고 깨어서도 그 감정이 고스란히 전해져서 꿈과 현실을 다른 것이라고 보기 어려웠다. 4,000을 기준으로 내가 사랑했던 모든 것들과 헤어져야 할 수도 있다는 것을 말해주는 누군가의 일깨움. 나는 꿈에서 깨어난 지 이틀이 되었지만 한 치의 의심도 없이 그렇게 생각했다. 그것은 이것과 저것, 앞과 뒤를 꿰맞춰보고 도달하는 결론이나 해석이 아니었다. 아주 짧은 순간이지만 강력한 충격과 함께 찾아오는 이해나 깨달음이었다.

몸에서 오싹한 전율이 흘렀다. 무사하기만을 기원했다. 그리고 다짐하기를, 만약 최악의 경우가 발생한다면 마음을 비우고 하산을 하겠다는 생각을 하게 되었다. 가장 중요한 것은 안전이기 때문이다.

시작이 있으면 끝도 있는 법

오늘 우리의 목적지는 페리체였다. 그러나 결론부터 말하자면 우리는 페리체에 가지 못했다. 우리가 도착한 곳은 엉뚱하게도 딩보체Dingboche였다. 중간에 길을 잘못 들어선 것이다. 하지만 우리는 딩보체에 도착할 때까지도, 우리가 다른 길로 가고 있다는 것을 알지 못했다. 가옥 3~4채가 전부인 마을에 도착해서 얼마나 더 가야 페리체가 나오는지 묻고서는 우리의 길이 잘못되었다는 것을 알게 되었다. 3~4채의 가옥이 전부였던 그곳이 바로 딩보체였던 것이다.

다시 길을 나서기 전, 오늘은 볶음밥을 주문했다. 전날 세 끼로 먹었던 수프로는 더 이상 버틸 수가 없었다. 하지만 그 귀한 음식을 끝내 남기고 말았다. 평소에도 음식 남기는 것을 죄악시하던 나에게는 있을 수 없는 일이었다.

나는 군대에서 간염을 앓았었다. 황달이 오고, 기운도 없었고, 무기력했다. 그 이전까지 건강이 좋지 않으면 나타난다는 '노란 소변'이 어떤 것인지도 알지 못했다. 간혹 여느 날과 다르게 진한 소변 색을 볼 때면 '혹시 이것이 노란 소변인가?' 그렇게 혼자 생각해 보기는 했다. 하지만 군 시절의 어느 날, 나는 스스로의 소변을 보면서 소스라치게 놀랐다. 나의 소변은 어릴 때 즐겨마시던 '환타'보다도 진한 색이었다. 어찌나 색이 진하던지 노란색이 아니고 거의 붉은색이라고 느낄 정도였다. 이것이 바로 '노란 소변'이구나 싶었다.

그때 나는 태어나서 처음으로 식욕부진을 경험했다. 그 이전에는 드라마에 등장하는 인물이 행여 입맛이 없다며 음식을 거절하는 장면이 나오면 모두 엉터리라고 생각했다. 흔한 말로 TV에나 나오는 그런 이야기라고 치부한 것이다. 그때까지 나에게 음식을 앞에 두고도 먹지 못하는 일은 없었기 때문이다. 끼니가 되면 당연히 밥을 먹어야 하고, 밥은 늘 포만감이 느껴질 정도로 먹는 것이라고 생각했다. 끼니를 거르고도 배가 고프지 않은 것은 이해할 수 없는 일이었다.

하지만 나는 그때 전혀 음식 섭취에 대한 욕구가 없었다. 이러다 쓰러지면 어쩌나 걱정이 되어 억지로 먹어보려하면 바로 헛구역질이 나오고는 했다. 나는 그 덕분에 국군통합병원에 한 달이나 입원해서 치료를 받았다.

당시 식욕부진이 실제 가능한 일이란 것을 알게 되었지만, 여전히 또 잊고 살았다. 아마 히말라야에서 내가 느낀 식욕부진은 군 시절 이후 처음일 것이다. 이상하게 아무것도 먹고 싶지 않았다. 누군가 슬쩍 밀기만 하면 툭 꺼져버릴 것처럼 기운이 없으면서도 식욕을 느끼지 못한다는 것은 놀라운 일이었다. 먹고 싶은데 먹을 수 없는 것이 아니고, 먹고 싶은 욕구 자체가 없었다. 설사는 쉴새없이 이어지고, 먹는 것은 없고. 무엇으로 버티고 있는 것인지 이해할 수 없는 일이었다.

숙소를 떠나고 얼마 지나지 않아 물이 흐르는 작은 숲을 지나게 되었다. 그곳에서 다시 설사를 했다. 물이 있는 곳에서 일부러 해결하고 싶은 마음도 있었다. 잦은 설사 때문에 화장지로는 한계가 있었기에 깔끔한 물로 뒤처리를 하고 싶었던 것이다. 문제는 나의 설사 증세가 이미 점액질에 가까웠다는 점이다. 그리고 복부 팽만 증세도 나타났다. 마치 바람을 잔뜩 집어넣은 두꺼비의 배처럼 빵빵하게 부풀어올랐다. 그것은 우화에나 나올 법한 모양이었다.

그제야 Y는 나의 설사를 심각하게 받아들였다. 녀석은 아무런 의심 없이 나의 증세가 기생충 감염에 의한 것이라고 결론을 내렸다. 내가 감염된 기생충은 지아디아Giardia라고 했다. 트레킹을 출발하기 전, 그는 숙소에서 이따금씩 의학 관련 서적을 읽고 있었다. 그리고 트레킹 중에 감염되기 쉬운 기생충에 대해서도 이야기하는 것을 들었었다. 그리고 트레킹에 필요한 비상식량과 상비약품을 구비하면서 기생충에 대비한 약도 구입했었다. 그때 Y가 약국에서 했던 말을 기억한다.

"너를 위해서 준비하는 거야, 임마!"

그렇게 말했지만 사실 기생충의 이름도, 그리고 그 약이 정확하게 어떤 것인지도 그때는 관심이 없었다.

내가 기생충에 감염되었다는 이야기를 들었을 때, '언제 감염된 거지?' 라는 의문은 들지 않았다. 너무도 당연하게 남체 도착 바로 직전, 많은 물이 흐르는 계곡물을 수통에 받아 마셨던 걸 기억했다. 그곳은 빨래터였다. 이미 동네 계집아이들 몇이 빨래를 싸들고 와서 노닥노닥 수다를 떨고 있었다. 솔직히 그것이 정확하게 계곡물이었는지도 모르겠다. 왜냐하면 어디선가 흐르는 물을 끌어다가 커다란 관으로 내보내고 있었기 때문이다. 나는 수통에 물을 받으면서도 위험하다는 것을 직시하고 있었다. 그때 갈증을 참았어야 했다. 하지만 조금밖에 남지 않은 물을 지게꾼에게 내준 뒤 남체까지 오르면서 이미 견디기 힘든 갈증을 느끼고 있었다.

Y는 즉시 배낭에서 기생충 약을 꺼냈다. 이틀 정도 먹으면 금방 나을 것이니 너무 걱정하지 말라고 했다. 사실 나는 아침에도 그의 비상약이었던 진통제를 2알이나 먹었다. 물론 두통 때문이었다. 하지만 아무리 '나를 위해'

준비했다고는 하지만 그 약들은 말 그대로 비상약품이었다. 어쩌면 그에게도 필요한 순간이 찾아올 수 있는 일이었다. 그러나 녀석은 기꺼이 그 약들을 내게 내밀었다.

이때부터 내가 먹은 알약은 수십 알이 넘었다. 감기약과 지사제, 진통제, 기생충약 등 하루에 세 번씩 엄청난 약을 먹어댔다. 무섭기도 했지만 방법이 없었다. 만약 녀석에게 기생충과 관련한 약이 없었다면 나는 고산병보다 더 큰 고통을 겪었을지도 모른다. 점액질에 가까운 설사와 식욕부진 때문에 너무 고통스러웠다. 하지만 더욱 두려웠던 것은 복부 팽만이었다. 한계치를 넘어선 고무풍선처럼 곧 터져버릴 듯 위태로웠기 때문이다. 다행히 녀석이 준 약 덕분에 이틀 뒤부터 기생충에 관련한 증세는 사라졌다. 지긋지긋한 설사도 멈추고 금방이라도 터져버릴 것처럼 팽팽하던 배도 정상을 되찾았다.

아침에 애써 주문한 볶음밥을 남기고도 점심때는 초코바 하나로 때웠다. 그것 역시 Y의 비상식량이었다. 점심을 먹기 위해 식당으로 들어갔지만 나는 아무것도 먹을 수가 없었다. 보다 못한 Y가 자신이 갖고 있던 초코바라도 먹어보라고 내민 것이다. 새로운 먹을거리라서 그랬는지 밥은 먹을 수 없어도 초코바는 먹을 수 있을 것 같았다. 녀석에게 미안하고 고맙고 그랬다. 그전에 중간 마을에서 레몬차를 두 잔 정도 마시고, 다음 마을에서 뜨거운 물을 또

두 잔 정도 마시기는 했지만 좀처럼 다른 음식은 먹을 수 없었으니 염치없이 주는 것을 받아먹었다.

결국 나는 이틀 동안 아무것도 먹지 못한 꼴이었다. 전날도 세 끼 모두 부실한 수프로 식사를 대신했고, 오늘 아침도 애써 주문한 볶음밥을 남겼으며, 점심은 초코바 하나가 전부였다. 산을 오르는 것이 힘든 것은 당연했다. 모두 방전되어 버린 전기면도기가 마지막 회전을 할 때처럼 힘겨웠다. 그것을 지켜봐야 했던 Y도 답답했을 것이다. 하지만 녀석은 한마디 불평도 하지 않았다.

오후 3시가 되어가도 목적지 페리체는 나타나지 않았다. 그렇게 언덕 하나를 올랐을 때, 저만치 아래 몇 채의 집들이 모여 있는 것이 보였다. 황량한 고원에 나처럼 위태로운 모습이었다. 우리는 당연히 그곳이 페리체일 것이라고 생각했다. 하지만 마을에 도착해서 확인해보니 그곳은 엉뚱하게도 딩보체였다. 믿을 수 없다는 우리의 표정 앞에서 아주머니는 페인트로 쓴 간판을 가리켰다. 거의 지워진 글씨지만 그곳에는 딩보체라는 지명이 정확하게 적혀있었다. 당황스러웠다.

도대체 어디서부터 길을 잘못 들어선 것일까? 고원의 길은 사람의 흔적이 뚜렷하지 않은 곳이 많았다. 남체를 출발한 뒤에도 아주 사소한 갈림길에

서 엉뚱한 길로 들어선 적이 있었다. 다행히 이상한 느낌을 받은 우리는 왔던 길을 되돌아갔고, 밭두렁이나 다름없는 갈림길 바닥에 달랑 화살표 2개를 그어놓고 고쿄Gokyo와 에베레스트 방향의 이정표를 표시해둔 것을 발견할 수 있었다. 그때 우리가 아무 생각 없이 계속 길을 갔다면 우리는 어쩌면 전혀 다른 히말라야인 고쿄로 갔을지도 모른다.

다행인 것은 딩보체가 우리의 목적지인 에베레스트 루트에서 크게 벗어난 것은 아니라는 점이다. 물론 딩보체는 에베레스트가 아니라, 추쿵Chhukhung이나 파레사랴 갑Pareshaya Gyab으로 향하는 루트다. 하지만 전날 묵었던 팡보체를 기준으로 페리체와 비슷한 거리에 있는 마을이며, 이곳에서 약간의 샛길을 이용하면 다음날의 목적지인 로부체Lobuche에 비슷한 시간에 도착할 수 있었다.

우리는 딩보체에 숙소를 잡았고 그렇게 또 하루의 트레킹이 마무리되었다. 이제 내일이면 에베레스트 베이스캠프에 한 발짝 앞으로 다가가게 될 것이다. 시작이 있으면 끝도 있는 법. 모레면 이 여행의 최종 목적지 베이스캠프를 밟을 수 있을 것이다. 그곳은 어떤 모습일까? 세상에서 가장 높은 봉우리를 바로 아래에서 바라보는 느낌은 과연 어떤 것일까? 이 여행도 끝이 보이고 있었다. 새삼 지나온 길들이 아련했다.

25 17시간
34분의 사투

딩보체에서 숙소를 잡자마자 Y의 침낭을 덮고 잠시 눈을 붙였다. 3시가 조금 넘은 시간이었으니 늦은 낮잠이라고 할 수 있었다. Y의 침낭은 정말 따뜻하고 포근했다. 부실한 내 여름용 침낭과는 질적으로 달랐다. 녀석, 그동안 이렇게 아늑한 침낭에서 잠을 잤구나, 그런 생각이 들었다. 녀석의 침낭 덕분에 나는 잠시나마 모든 고통을 잊고 달콤한 잠에 빠져들었다. 그리고 다시 긴 꿈을 꾸기 시작했다. 그것은 가물가물한 봄날의 아지랑이처럼 실재하는 것이기는 하지만 선명하지 않은 기억 같은 것이었다.

갯내음을 품은 아침 공기를 마시며 카누를 조립하고 있을 때 동쪽 하늘에서 해가 떠오르기 시작했고 만조 시간이 방금 지난 바다는 풍성하기만 했다. 완성된 카누를 물에 띄우고 워밍업을 하는 마음으로 출발 지점을 향해 노를 저었다. 방파제의 직선 부근을 통과하는 순간 대회 주최자는 사이렌을 울릴 것이고, 그 사이렌과 함께 기나긴 레이스는 시작될 것이다.

1년 동안 총 4차전을 치른 후 종합 우승자를 가리는 챌린지컵은 이제 후반전으로 접어들었다. 1차전과 2차전에 이어, 제3차전 '100킬로미터 아웃리거 카누' 경기가 열리는 날이다. 나는 이미 1차전과 2차전에서 우승을 했기 때문에 이번 경기에서만 우승을 하면 종합우승을 확정지을 수 있게 되며, 이를 위해 충분하다고 할 수는 없지만 나름대로 한강에서 훈련을 해왔다. 그리고 훈련의 막바지에서는 힘들게만 느껴지던 카누의 매력에 조금씩 빠져들기도 했다. 특히 약간의 음식을 카누 뒤에 싣고 한강을 출발할 때는 마치 먼 바다로 항해를 떠나는 탐험가라도 된 것처럼 묘한 흥분을 느끼기도 했다.

오전 7시가 되기 직전 배가 방파제의 직선 지점을 지나면서 사이렌이 울렸다. 이제 한 번도 도전해 보지 않은 100킬로미터의 거리를 노를 저어 완주해야 했다. 코스는 왕복 5킬로미터 구간을 20회 왕복. 나름대로 단단히 각오를 한 때문인지 가슴이 벅차올랐다. 노를 잡은 손에서도 힘이 느껴졌다. 카누의 날렵한 코는 멀리 아침 햇살을 받고 있는 서해대교를 향해 유유히 미끄러져 나아갔다. 마치 바람을 가르는 느낌이었다. 멀리 목표지점을 설정하고 노를 저었다. 달리기처럼 트랙이 있는 것이 아니기 때문에 배가 직선으로 가기 위해서는 원거리의 목표지점을 정해야 했다. 그렇지 않으면 자주 방향을 수정해야 할 것이고, 그것은 시간낭비와 함께 코스가 길어진다는 것을 의미했다.

첫 회전에 48분이 소요되었다. 좋은 기록이었지만 100킬로미터를 타기에는 너무 빠른 기록이다. 그 속도를 유지했다가는 50킬로미터도 타지 못하고

퍼질지도 모를 일이다. 조금 오버한 때문인지 이제 불과 5킬로미터를 탔음에도 허리에서 통증이 느껴졌다. 일단 허리의 통증이 시작되면 카누에서 내리기 전까지는 통증 완화가 힘들다는 것을 알고 있었기 때문에 덜컥 겁이 났다.

두 번째 회전은 53분, 안정적인 속도였다. 그러나 세 번째 회전에서 잔잔하던 바다가 서서히 일렁이기 시작했다. 카누의 날개가 자꾸만 공중으로 들렸다 떨어지면서 철썩철썩 소리를 냈고, 만조에서 간조로 향하는 중심에 놓여 있는 시간대였기에 조류의 힘도 생각보다 강했다. 마치 흐르는 강물을 역으로 거슬러 올라가는 것과 같은 느낌이었다. 더욱이 그 무렵은 간만의 차가 가장 큰 '사리'에 해당하는 물때였기에 체력 소모가 더욱 컸다. 어찌 생각하면 돌아오는 길이 그만큼 편하다고도 할 수 있었지만 힘겹게 거슬러 올라간 시간과 체력까지 만회하는 것은 불가능한 일이었다.

이후 바다에서 물이 점점 빠져나가면서 보이지 않던 갯벌과 암초들이 모습을 드러내기 시작했다. 장애물을 피해 노를 저어야 했기 때문에 직선으로 항해하는 것은 불가능한 일이었고, 좁은 물길에서는 물살이 더욱 거세져 온몸으로 노를 저어야 했다. 결국 나는 갯벌과 암초들의 영향이 적은 바다 한가운데로 자꾸만 나아가게 되었다.

레이스를 시작한지 5시간이 지날 무렵 나는 30킬로미터 거리를 주파했다. 물은 완전히 빠져나가서 바다 속 지형이 거대한 모습을 드러냈다. 뭍에서 보았을 때는 그저 아무것도 아닌 풍경이었는데 낮은 카누를 탄 채 바라볼 때는 거대한 산맥처럼 보였다. 그것은 뭍에서는 느끼지 못했던 느낌으로 위축감과 함께 두려움이 엄습했다. 서서히 배가 고파졌지만 물이 완전히 빠져나간 바다는 평온함을 되찾고 너울과 조류가 주춤한 이 시점에 조금이라도 더 많은 거리를 주파해야만 했다.

오후 1시. 점심을 먹기 위해 출발지였던 방파제에 카누를 접안했다. 마음 같아서는 카누에서 내려 굳어진 몸을 풀고 싶었지만 대회 규정상 경기를 마칠 때까지 카누에서 내릴 수는 없었다. 진행요원이 미리 준비해 놓은 플라스틱 통 안에는 햇반과 함께 김치와 몇 가지의 밑반찬이 종이컵에 담겨 있었다. 햇반 두 개를 해치우는 데 그리 많은 시간이 필요하지는 않았다. 후식으로 포도까지 먹어치웠다. 그리고 카누에 걸터앉아 소변까지 해결했다. 이렇게 소모된 시간은 약 15분. 다시 바다로 나가야 했고, 그사이 간조가 지난 조류의 방향은 바뀌어 있었다.

훈련을 시작하기 전, 노는 당기는 것으로 생각했지만 사실 노는 지렛대의 원리를 이용해 미는 것이다. 따라서 오른손잡이의 경우 왼쪽으로 노를 젓는 것이 안정적이며 더 많은 힘을 이용할 수 있다. 하지만 100킬로미터를 왼쪽으로만 노를 저으며 주파하는 것은 불가능한 일이다. 따라서 나의 전략은 조류를 거슬러 올라갈 때는 왼쪽으로 노를 젓고, 조류를 타고 내려올 때는 오른쪽으로 노를 젓는 것이었다. 이 전략은 나름대로 유효했고 효과적인 힘의 분배와 함께 온몸을 골고루 사용할 수 있는 방법이기도 했다.

바닷물이 다시 차오르기 시작했다. 오후 4시가 되어갈 무렵 나는 50킬로미터의 거리를 주파했다. 레이스를 펼친지 정확하게 8시간 56분이 지난 시간이었다. 작년 이 대회의 우승자 기록은 24시간. 3차전에서 혼자 남아 경쟁자가 없었다고는 하나 특전사 출신에 프랑스 외인부대 경력까지 갖춘 그의 체력은 만만치 않았을 것이다. 그럼에도 그의 기록이 24시간이었다는 이유만으로 나는 20시간을 목표로 정했다. 그러나 대회 바로 직전 목표를 오히려 18시간으로 수정했다. 이 대회는 장비의 한계 때문에 1대의 카누로 대회가 진행되었는데, 첫날 가장 먼저 레이스를 마친 선수의 기록이 18시간이었기 때문이다. 이 선수는 작년에 인천에서 중국 횡단을 계획하고 한강에서 8개월간 훈련을 했다가 중국 횡단이 무산되자 완도에서 제주 횡단에 도전했던 선수였다. 당연히 3차전 우승이 유력한 선수였지만 종합우승이 목표였던 나의 입장에서는 4차전에서 복잡한 경우의 수를 따지기 이전에 3차전에서 종합우승을 확정짓고 싶었다. 다행히 50킬로미터를 마친 상태에서 나의 기록은 8시간 56분이었으니 산술적으로는 첫 번째 선수의 절반 기록보다 4분이 앞서고 있었다. 하지만 나머지 50킬로미터 역시 같은 속도를 유지할 수 있을지는 의문이었다.

만조가 되어가면서 거대하게 느껴졌던 주변 지형들이 수면 아래로 다시 사라지기 시작했다. 그것은 내가 좀 더 직선거리로 항해를 할 수 있다는 것을 의미했지만 한편 두려운 일이기도 했다. 배 아래에 어떤 암초가 기다리고 있을지 알 수 없었기 때문이다. 물론 간조 때 최대한 지형을 숙지했다. 하지만 실제 두 번째 주자로 나섰던 선수는 카누가 암초에 걸려서 키가 파손되는 바람에 경기를 포기할 수밖에 없었다. 어둠 속에서 같은 자리를 뱅글뱅글 맴도는 그의 불빛을 처음 발견했을 때는 배가 그물이나 장애물에 걸린 줄로만 알았었다. 그러나 어느 정도의 시간이 지난 뒤 그 자리를 벗어나서도 배의 불빛은 주변을 뱅글뱅글 돌고만 있었다. 그때서야 키가 파손되었음을 짐작할 수 있었다.

사실 키가 없으면 좌우 방향전환은 어려워도 앞으로 전진은 할 수 있을 것이라고 생각했다. 그러나 키 없는 카누는 바닷물에 떠다니는 부표와 다를 것이 없었다.

후에 그 선수는 이대로 어둠 속에서 망망대해로 밀려가는 것이 아닌지 두려웠다고 했다. 그가 뭍에 조금 가까워졌을 때 우리는 두 손으로 나팔을 만들어 큰 소리로 그의 안전을 물었다. 그때 고래고래 소리를 지르며 "갈 수가 없어! 갈 수가 없어!"라고 외치던 그의 목소리는 너무 절박해서 뇌리에서 쉽게 지워지지 않았다.

레이스를 시작한 지 10시간 40분이 되어갈 무렵 60킬로미터의 거리를 주파했다. 오후 5시 34분경이었다. 18시간 목표와 남은 거리를 생각할 때 불안한 기록이었다. 결국 저녁을 먹지 않기로 결정했다. 어쩌면 모험일 수도 있었다. 대신 바나나와 카스텔라, 초코바, 파워젤, 콜라 등을 카누에 충분히 싣고 매 회전마다 끊임없이 챙겨 먹었다. 그리고 체력이 고갈될 막판을 대비해서 좀 더 공격적인 레이스를 펼치기로 했다. 85킬로미터까지 1회전에 50분을 넘기지 않는 고속 레이스를 펼치기로 한 것이다. 이것 역시 모험일 수 있었으나 마침 물결이 종이를 펼쳐놓은 것처럼 너무도 잔잔했기에 이 시기를 최대한 이용하고 싶었다. 80킬로미터까지 이 전략은 먹혀들었다. 그러나 갑자기 페이스가 떨어지면서 잡고 있는 노가 천근만근으로 느껴졌고, 아무리 저어도 배는 제자리에 멈춰있는 느낌이었다.

매우 순식간에 컨디션이 변해버렸기 때문에 나 자신도 너무 당황스러웠다. 결국 다음 회전은 1시간을 넘기고 말았다. 남은 15킬로미터마저도 이런 속도를 유지한다면 18시간 기록은 힘든 상황이었다.

이제 시간은 밤 10시. 노를 움켜쥔 손은 마비 증세까지 찾아왔고, 물집이 잡힌 손바닥에서는 통증이 계속되고 있었다. 조금만 더 버텨내자고 자신을 다독였다. 그리고 손가락이 마비되는 것을 막기 위해 노가 물에서 나오는 순간 노를 잡았던 손가락을 재빠르게 두세 차례 움직여주는 것을 잊지 않았다. 그것은 한겨울에 동상을 방지하기 위해 애쓰는 동작과 비슷했다. 하지만 체력이 고갈되면서 노를 끝까지 밀어주지 못하고 자꾸만 헛젓기 일쑤였다.

이미 각오는 하고 있었지만 이 마지막 15킬로미터가 가장 힘겨운 싸움이었다. 특히 조류를 역으로 거슬러 올라갈 때는 아무리 노를 저어도 배는 제자리에서 움직이지 않았다. 어느 순간에는 너무 지쳐서 노를 멈추기도 했지만, 그 시간이 길어지면 애써 10분을 저었던 거리가 단 1분만에 밀려나기 때문에 쉴 수도 없었다. 그렇다고 돌아올 때 쉬는 것도 아니었다. 조류를 타고 있는 방향에서 시간을 만회하지 않으면 안되기 때문이다.

그래도 시간은 흐르고 배는 앞으로 나아갔던 모양이다. 경기를 시작한지 16시간 40분이 넘은 밤 11시 40분 무렵 마지막 1회전만을 남기게 되었다. 이

제 특별한 이변이 없는 한 3차전 우승도 확정적이었지만 그때부터 몸을 더욱 사릴 수밖에 없었다. 자칫 긴장이 풀려서 몸의 균형을 잃으면 카누가 뒤집힐 것이고, 그렇게 된다면 결과는 예측할 수 없는 방향으로 흘러갈 수 있었다. 마지막 반환점에 도달했을 때 비로소 서해대교의 가로등이 아름답다는 것을 깨달았다. 그리고 반환점을 돌아 결승점으로 향할 때는 마치 긴 항해를 마치고 고향으로 돌아가는 느낌이기도 했다. 그때서야 내가 젓고 있는 노에 의해 찬란하게 빛나는 물결들도 보였다.

그날 나는 17시간 34분이란 기록으로 대회를 마칠 수 있었다. 허리는 딱딱하게 굳었고, 대회를 마친 뒤 몇 시간이 지나도 귀에서는 물소리가 끊이지 않을 정도로 환청에 시달렸으며, 몸이 여전히 흔들리는 것 같은 착각 때문에 머리를 움켜쥐기도 했다. 대회가 끝난 지 약 보름이 지나서도 당시 잡혔던 피 맺힌 물집 중 하나는 여전히 손바닥에서 비늘처럼 굳은 채 떨어지지 않았다.

그것은 아련한 기억의 편린 같은 것이었다. 너무도 몽롱한 추억이라 돌아보면 믿을 수 없는 일이지만, 이 모든 것이 바람처럼 나를 스쳐간 어떤 날들이었다는 것을 일깨워주는 증거 같은 것 말이다.

26 별을 보다

잠시나마 단잠을 잔 덕분인지 몸이 조금은 개운해진 것 같았다. 덕분에 식욕도 조금은 돌아왔다. 입맛 당기는 임산부처럼 뜬금없이 감자튀김을 주문했다. 내일 로부체까지 가려면 어떻게 해서든 기운을 차려야 했다. 이대로 더 이상 아무것도 먹지 않으면 돌이킬 수 없는 탈진 상태에 빠질 것 같았다.

　음식 가격은 무척 비싸졌다. 삶은 계란 두 개에 80루피, 계란프라이 두 개에 100루피, 밀크티 한 잔에 30루피, 야채볶음밥 130루피…, 이런 식이었다. 카트만두에서 볶음밥을 30~40루피면 먹을 수 있다는 것을 생각하면 몇 배에 해당하는 금액이었지만 물자와 식재료가 귀한 곳이니 당연한 일이다. 이미 지리에서부터 깊은 히말라야로 들어올수록 음식 가격은 점점 오르고 있었다.

　한편 이렇게 산이 깊어질수록 사람이 사는 마을은 허무했다. 환경 자체가 사람이 거주할 수 있는 여건이 아니었다. 부족한 것 투성이고 너무 척박해서 모든 것이 거칠게만 느껴졌다. 아무렇지도 않게 호흡하던 산소마저도 이곳에서는 턱없이 모자라지 않은가.

이들은 어떻게 해서 이곳까지 들어오게 된 것일까? 무엇이 이들을 이 깊은 산속으로 들어오게 만든 것일까? 어디로도 갈 수 없는 이 막다른 길 깊숙한 곳으로 이들이 들어올 수밖에 없었던 이유는 도대체 무엇이란 말인가?

해가 지기 전 밖으로 나갔다. 아쉽지만 아름다운 일몰은 없었다. 한낮에는 보이지 않던 구름이 일몰 시간만 되면 어디선가 몰려왔다. 해가 질 무렵이면 몰려왔다가 흔적도 없이 물러가는 구름들. 순간적으로 세상 전체가 구름에 휩싸였다가 잠시 후 온전한 모습을 되찾는 것 같았다. 도대체 이 구름들은 어디에서 만들어지는 것일까.

그날 저녁, 불행하게도 나는 극심한 두통에 시달렸다. 진통제를 먹고 잠들었지만 소용이 없었다. 몇 시간을 뒤척이다 결국은 침대에 앉아서 머리를 벽에 쿵쿵 박았다. 옆에서 잠들어 있는 Y가 깰까봐 어떻게 해서든 참으려 해봤지만 부질없는 짓이었다. 머리를 벽에 박아도 두통은 사라지지 않았다. 이놈의 두통은 낮보다 밤에 더욱 심했다. 일정한 주기를 두고 찾아오는 반갑지 않은 불청객이었다. 반갑지 않은 손님이 찾아오는 시간은 대략 새벽 1시 무렵이었다.

밖으로 나갔다. 별들이 찬란했다. 반달이었지만 달마저도 밝았다. 이토록 달이 밝은데 별까지도 찬란한 것은 이곳이 하늘과 매우 가깝기 때문이다. 마을은 고요했고 모든 것은 깊게 잠들어 있었다. 그때 별 하나가 밤하늘을 사선으로 그으며 지고 있었다. 아! 지는 별을 본 것이 언제였던가! 기억할 수도 없

는 옛날이다. 나는 그 별이 허공 어디에서 사라지기 직전 재빠르게 소원을 빌었다. 그것은 기원이기도 했지만 주문 같은 것이었다. 나는 소원을 말하기 위해 고민하지 않았다. 지금 이 순간 너무도 간절한 바람은 오직 하나였기 때문이다. 아프지 않는 것, 고통에서 벗어나는 것! 그것 이외에 지금 내가 바라는 것은 아무것도 없었다.

지는 별은 사실 죽어가는 별이다. 하지만 사람들은 죽어가는 별을 보면서 소원을 빌면 이루어진다고 믿었다. 그 속설의 진정성을 떠나서 그것은 어쩌면 죽어가는 별이 세상에 남기는 마지막 선물일 수도 있다. 세상을 떠나는 마지막 순간에 누군가에게 희망으로 존재할 수 있다는 것. 별이 아름다운 이유가 아닐까.

사람의 삶도 그리만 될 수 있다면 얼마나 좋을까. 마지막 순간 누군가에게 바람과 희망이 되고 그리움과 여운이 될 수 있다면. 별이 아름다운 이유가 찬란하기 때문이 아니라, 끝도 없는 푸른 밤을 한줄기 빛으로 갈라놓으며 사람의 소망으로 지기 때문인 것처럼 나도 그렇게 남았으면 좋겠다.

하늘과 별을 보며 얼마간을 서 있다가 안으로 들어갔다. 진통제 1알을 먹고 누웠다. 진통제가 약효를 발휘하기까지 1시간 가량이 필요했다. 약효가 남았는지 아침에는 조금 견딜 만했다. 전날 저녁처럼 감자튀김을 주문했다. 어찌해서든 정상 컨디션을 되찾아 에베레스트와의 조우는 기쁘게 맞이하고 싶었다. 그래야 여기까지 온 보람이 있지 않겠는가.

27

바람에
미련을 묻고

트레킹을 하면서 만나는 식당 유리창에는 언제나 세계 각지의 산악팀 스티커가 덕지덕지 붙어 있었다. 그것은 자신들의 정체성을 증명하는 증서이거나, 히말라야를 다녀갔다는 자부심으로 가득한 증표 같은 것이었다. 간혹 히말라야 트레킹 상품을 전문으로 취급하는 한국의 여행사 스티커도 볼 수 있었다. 하지만 그 스티커가 홍보에 효과가 있을지는 미지수였다. 그것은 오로지 스스로에게 수여하는 상장 이상은 아니었다.

　하지만 너무 많이 보아서 그리 새로울 것도 없는 스티커들 속에서도 유독 눈에 띄는 스티커 한 장이 있었다. 바부 치리Babu Chiri라는 셀파의 자기 홍보 스티커였다. 그는 에베레스트와 관련하여 두 개의 기록을 갖고 있었다. 1995년 2주 사이에 정상을 두 번이나 정복했고, 1999년에는 산소 없이 에베레스트 정상에서 무려 21시간 동안이나 머물렀다. 한 마디로 그는 세계 최고의 셀

파였다. 아마도 에베레스트를 정복하려는 수많은 산악인들이 그를 찾을 것이
고, 그는 최고의 셀파답게 부와 명예를 누리고 있을 게 분명했다. 전날도 식
당에서 그의 스티커를 보았지만 그냥 잊고 있었다.

　로부체를 향해 길을 나섰다. 길을 잘못 들어선 덕분에 고도는 더 높아졌
고 아득히 언덕 아래 우리가 묵으려 했던 페리체를 보며 길을 걸었다. 다행히

언덕은 완만했고 모처럼 편한 길을 걸었다.

　점심 무렵 도착한 두클라Dughla에서는 인부 몇 명이 공사를 하고 있었다.
허술하기는 했지만 시멘트와 돌을 이용해 탑을 쌓고 있었고, 완성도 되지 않
은 탑에는 누군가의 영정이 놓여 있었다. 아마도 추모비인 모양이었다. 하긴
이 길목은 세계의 지붕인 에베레스트로 향했던 도전자들이 지나갔던 길이 아
니던가. 그도 이 길을 갔던 사람이 분명해보였다.

하지만 영정 밑에 적힌 그의 이름을 보면서
나는 무릎이 꺾일 만한 충격을 받았다.

   그는 내가 스티커에서 보았던 바부 치리였다. 부와 명예를 누리는 세계 최고의 셀파일 것으로 여겼던 그는 이미 오래전부터 이 세상 사람이 아니었던 것이다.

   아직 붙이지 않은 금속판에서 새로운 사실을 알게 되었다. 그는 1965년생이었고, 13살 때부터 산을 오르기 시작하여 에베레스트 정상을 11번이나 올랐으며, 마지막 등정을 성공한 후 하산하는 길에 크레바스로 추락하여 36세를 일기로 사망했다. 그의 기록도 하나가 추가되어 있었다. 2000년 5월 20일 에베레스트 정상을 무산소로 16시간 56분 만에 올라 이전 기록을 4시간 가량 단축한 것이다.

   65년생. 그는 나와 동시대를 살았던 사람이었다. 하지만 전날에는 부와 명예를 누리며 살아 있던 사람이 오늘은 돌아올 수 없는 길을 간 사람이 되어 있었다. 그가 나와 같은 세대라는 사실이 더욱 아렸다. 그는 그 깊은 크레바스에서 무슨 생각을 했을까. 11번이나 올랐던 에베레스트에서의 죽음은 행복한 것이었을까, 불행한 것이었을까.

그가 이룬 업적에 비하면 바람의 길목에 세워진 그의 추모비는 너무도 초라했다. 결국 삶이란 것은 그렇게 허무함을 향해 달려가는 것인지도 모른다는 생각이 들었다.

나는 다시 산을 올랐고 바람은 나를 거부하듯 나의 발목을 스치고 지나갔다. 그리고 나는 한 번도 본 적 없는 그를 못난 사람이라고 탓하고 있었다. 바보 같은 사람아! 뭐가 그리도 급했기에 그리도 빨리 떠났단 말인가. 그 많은 미련 어디에 다 묻을 수 있었단 말인가.

28 아무것도 없는
황무지,
고원의 매력

로부체로 가는 길은 히말라야 고원의 매력이 넘쳤다. 납작하게 엎드린 풀들이 듬성듬성 보이기는 했지만 황무지나 다름없는 길. 얕은 개울은 모두 얼음으로 덮여 있었고, 해빙기의 개울처럼 얼음장 밑으로 흐르는 물소리가 경쾌했다.

그 어떤 생명도 견디기 버거워보이는 척박한 풍경. 그런 황무지에는 역설적이게도 허무의 미학이 숨어 있었다. 부족하다는 말로는 설명될 수 없는, 모든 것을 다 비워내고 최소한의 공간으로 남은 선방禪房과도 같았다. 그러면서도 빈약하거나 초라하지 않았다. 오히려 무겁고 웅장했다. 나무 하나 자라지 않는 고원이지만, 어쩌면 그 빈 공간에는 히말라야에 대한 꿈을 품고 이곳을 지나갔던 모든 사람들의 염원이 고스란히 배어 있기 때문인지도 몰랐다.

그 아름다운 길을 나는 콧물을 훌쩍이며 걸었다. 아름다움에 동화된 감동의 눈물이었다면 얼마나 좋았을까마는 새로 시작된 콧물감기 때문에 연신 콧물을 훔쳐야 했다. 비싼 화장지를 콧물 닦는 데 모두 쓸 판이었다. 히말라야에서 화장지는 그 어떤 물품보다도 고가품이었다. 끈질기게 남아 있는 두통도 괴로워 죽을 맛인데 콧물감기라니…. 원인은 건조한 공기 때문이었다. 바람도 몹시 차가웠다. 그래도 완벽하게 정제된 듯한 히말라야의 풍경에 매료되어 돌아보고 또 돌아보며 그 길을 걸었다.

하늘 역시 맑고 깊었다. 구름 한 점 없는 하늘은 높고 푸르러서, 마치 티끌 하나 허락하지 않는 여과기라도 통과한 것 같았고, 지친 여행자의 발걸음을 가볍게 해주기에 충분했다. 어느 순간에는 세상의 끝자락에 혼자 존재하는 것 같기도 했다. 그러나 그것은 버려졌다는 느낌이 아니라, 오히려 이 모든 세상이 오로지 나 혼자만을 위해 존재하는 것 같은 충만감이었다. 그것은 축복이나 다름없었다. 너무 깊고 멀어서 다시 오기 힘든 길이지만 그래도 잊지 말아야지, 잊지 말아야지. 그렇게 다짐하며 길을 걸었다.

로부체에 도착한 건 1시 15분경이었다. 트레킹 초반, 아침 7시 전후부터 오후 4~5시까지 산행을 했던 것에 비하면 매우 가뿐한(?) 일정이다. 하지만 지난밤에 머물렀던 딩보체의 고도가 4,410미터이고 이곳 로부체의 고도는 4,930미터이니 대략 500미터의 표고차가 난다. 시간이 허락한다고 해도 더 높이 올라갈 수 없는 이유가 거기에 있다. 500미터의 표고는 해발 3,500미터 이후 안전을 위한 최소한의 장치다. 고산병의 위험이 급격히 높아지는 고도이기에 적당한 고도마다 적응할 시간이 필요한 것이다. 베이스캠프가 아니라 에베레스트의 정상을 밟았던 사람들까지도 이 구간만큼은 그렇게 천천히 걸어야 했다. 세계 최고의 등반가들까지도 말이다.

그것은 분주하게 달려오던 생의 어느 시점에서 천천히 뒤를 돌아보는 것과 같았다. 차안대를 머리에 착용한 경주마처럼 허겁지겁 앞만 보며 달려왔지만, 결국 느림의 가치를 이해하지 못하고는 정상을 품을 수 없다는 가르침이 숨어 있는 것이다. 서둘러 가는 것만 잘하는 것인 줄 아는 세상에서 느림이 갖는 의미를 일깨워주는 에베레스트. 때로 자연은 인간에게 커다란 스승이 되기도 한다.

멈추지 않는 두통과 콧물 때문에 진통제와 감기약을 먹었다. 그리고 감자튀김을 주문했다. 나는 벌써 세 끼째 감자튀김만 먹고 있었다. 특별히 당기는 음식도 없었고, 왠지 먹고 싶은 음식을 먹는 것이 완전히 안정을 되찾지 못한 속을 위해서 도움이 될 것 같았다. 다른 음식들은 여전히 불안감을 떨칠 수 없었다.

Y는 볶음밥과 셀파스튜를 주문했다. 녀석은 에베레스트가 가까워질수록

놀라운 식욕을 보였다. 차 한 잔을 마시며 잠시 휴식만 취해도 충분한 식당에서도 꼭 음식을 주문했다. 말로는 모두 체력 보충을 위한 것이라고 했다. 처음 보는 셀파스튜는 '짬밥'과 다를 것이 없었다. 밥알과 라면 부스러기, 약간의 곡물, 그리고 밀가루가 들어간 죽이었다. 아마도 에베레스트를 오가는 셀파들의 편의식인 모양인데, 내 눈에는 손님들이 남긴 음식 찌꺼기를 모두 모아서 끓여놓은 것과 별반 달라 보이지 않았다.

우리는 남체를 떠난 이후 세수를 잊었다. 아침에 딱 한 번 양치질만 할 뿐이었다. 겉옷은 물론이고 양말과 속옷도 갈아입지 못했다. 그 어떤 숙소에서도 그 이상의 물은 제공해주지 않았다. 그러니 셀파스튜를 먹고 있는 녀석의 모습은 정말 가관이었다. 이곳이 히말라야이기에 망정이지, 그 모습 그대로 서울로 옮겨놓는다면 걸인 취급을 받기에 부족하지 않은 모습이었다. 그래도 맛있어 죽겠단다.

그것으로도 모자라 저녁 무렵 녀석은 볶음국수를 또 주문했다. 녀석의 먹성을 보고 있자니 은근히 나의 체력이 걱정되었다. 나도 닭고기 국수 수프를 주문했다. 가능하면 최대한 부드러운 음식으로 주문한 것인데, 이 음식도 내 딴에는 꽤 용기를 낸 선택이었다. 꽉 막힌 복부의 통증을 다시는 경험하고 싶지 않았다. 그러느니 차라리 굶고 말 생각이었다.

그래도 수분 섭취는 최대한 늘렸다. 따끈한 블랙티를 주문해서 점심에

석 잔, 저녁에도 석 잔을 마셨다. 물이 고산병에 도움 된다는 것만 믿고 있는 것이다. 사실 약도 없는 고산병에 물이 도움이 되면 얼마나 되겠는가. 그러나 며칠 동안 두통과 메스꺼움에 시달리다보니 지푸라기라도 잡고 싶은 심정이었다. 사실 효험이 있다면 석 잔이 아니라 몇 말이라도 마실 의향이 있었다. 그것은 일종의 맹신과도 같았지만 내가 할 수 있는 일은 무엇이든 하고 싶었다.

우리는 다음날의 계획을 확정지었다. 베이스캠프와 칼라파타Kalapattar를 모두 다녀오기로 한 것이다. 베이스캠프의 고도는 5,364미터이고 칼라파타의 고도는 5,545미터이다.

어찌보면 베이스캠프는 상징적인 의미만 간직한 곳이다. 고도도 칼라파타보다 높지 않으며, 더욱이 에베레스트 조망권은 칼라파타에 비해 현격히 떨어진다. 에베레스트 아래쪽으로 가까이 접근하는 베이스캠프보다는, 조금 떨어진 곳에서, 그리고 더 높은 고도에서 에베레스트를 볼 수 있는 칼라파타가 훌륭한 관측 장소이다. 때문에 많은 트레커들이 베이스캠프보다는 칼라파타를 선택한다. 하지만 욕심이 있었던 우리는 에베레스트를 등정하는 산악인들이 첫 발판으로 삼는 베이스캠프를 포기하고 싶지 않았다. 그래서 두 곳 모두 다녀오기로 한 것이다.

그러기 위해서는 숙소에서 새벽 6시에 출발해야 했다. 마지막 기착지인 고락쉽Gorakshep에 도착하면 그곳에 배낭을 맡겨두고 베이스캠프를 다녀온 뒤 칼라파타에 올라가서 일몰을 맞이할 것이다. 그리고 고락쉽에서 마지막 밤을 보낸 다음, 아침에 하산할 계획이다. 고락쉽은 마지막 숙소가 있는 곳이며, 베이스캠프와 칼라파타의 갈림길이기도 하다.

　베이스캠프와 칼라파타를 모두 오른다는 계획은 과도한 욕심이 분명했다. 하지만 다시는 오지 못할 가능성이 높은 이곳까지 와서 어느 한쪽을 포기하기에는 아쉬움이 너무 컸다. 다행인 것은 고락쉽에 배낭을 맡겨두면 한결 가벼운 몸으로 남은 일정을 소화할 수 있다는 것이다.

　카트만두를 출발할 때 길거리에서 2루피를 주고 확인했던 내 배낭의 무게는 12kg이었다. 비상식량을 어느 정도 소비했다고는 하나, 지금 내가 느끼는 무게감은 전혀 변함이 없었다. 마음 같아서는 배낭만 없어도 새처럼 날아갈 기분이다.

　5,000미터 이상은 Y도 처음이라고 했다. 아직 올라가보지 못한 고도 앞에서 우리는 다시 비장한 마음이었다. 어찌될지 알 수 없는 내일을 생각하며 우리는 서로의 비상식량을 조금씩 교환하기로 했다. 녀석은 초코바와 육포의 일부를 내게 주었고, 나는 트레커용 크래커와 남체에서 준비했던 라면 중 하나를 주기로 했다. 그렇게 비상식량까지 교환을 하고나니 왠지 이별을 준비

하는 것 같아서 가슴 한쪽에 싸하게 찬바람이 스미는 느낌이었다. 쓸쓸하고
울적했다.

우린 농담을 주고받았다.

"베이스캠프까지 갔다가 너 쓰러지면 나 못 업고 내려온다."

"쓰러져도 고락쉽까지 돌아와서 쓰러질 테니 걱정 마. 근데 나 죽으면 무
덤은 만들어 줄 거지?"

"에베레스트도 아니고, 그깟 베이스캠프에서 죽었다고 만들어주냐?"

"하긴…. 그래도 바부 치리처럼 추모비 같은 거라도 있으면 죽어서도 덜
외롭지 않을까?"

엄밀히 말하면 이 트레킹은 녀석이 없으면 불가능했다. 시작도 그랬거니
와 그가 갖고 있던 비상약이 아니었다면 나는 진즉에 트레킹을 포기하고 돌
아갔어야 했다. 고통을 나눌 수는 없는 일이었지만 녀석이 옆에 있다는 것만
으로도 든든하고 위로가 되었다. 고행의 시간을 함께 하면서 정이 들었다. 그
것은 우리가 카트만두에서 네팔식 막걸리를 마시며 느꼈던 공감대와는 또 다
른 것이었다. 서로의 몸에 자일을 묶고 설산을 오르는 등반가들 못지않게 정
신적으로 깊은 교감을 나누게 되었던 것이다.

저녁 식사를 마친 뒤, 8시까지 지루한 기다림의 시간을 보냈다. 내가 먹었

던 진통제의 복용 주기는 최소 6시간이고, 8시는 약을 복용한지 6시간이 되는 시점이다. 만약 8시가 되어도 두통이 찾아오지 않으면 지금의 고도에 적응한 것으로 여기고 그대로 잠자리에 들 생각이었다. 그동안은 6시간에 한 번씩 진통제를 복용하며 이곳까지 올라왔다. 그것도 한 번에 두 알씩. 그래도 밤이 되면 여지없이 두통에 시달렸다. 그러나 이제 남은 약이 거의 없었다. 이제라도 약을 아껴야만 했다. 그리고 고도 적응 여부도 확인해 보고 싶었다.

고단했던 길도 이제는 막바지. 내일이면 우리는 에베레스트를 코앞에서 보게 될 것이다. 내일 낮도 오늘처럼 맑았으면 좋겠다. 해가 질 무렵, 어김없이 구름이 만들어졌고 주변은 온통 안개에 휩싸여 가까운 산도 보이지 않았다. 오늘밤엔 춥지 않았으면 좋겠다.

그날 밤, 나는 하염없이 눈물을 쏟았다. 상상할 수도 없었던 고통이었다. 태어나서 한 번도 경험해보지 못한 두통. 살아오면서 그토록 끔찍한 두통에 시달렸던 적이 또 있었을까.

저녁 8시가 지났을 때까지만 해도 괜찮았던 두통이 잠자리에 들 무렵 서서히 시작되었다. 지긋지긋했다. 불길했다. 어쩔 수 없이 진통제 두 알을 복용했다. 감기약과 완치되지 않은 기생충 감염 증세 때문에 복용한 치료제까지 합하면 여섯 알이나 되는 약. 남체 이후 이렇게 엄청난 약을 복용하며 여기까지 올라왔다.

하지만 밤새 한숨도 잘 수가 없었다. 밤마다 찾아왔던 그동안의 두통은 비교조차 할 수 없었다. 견딜 수 없는 통증에 눈물만 흘렸다. 다른 여행자들이 깰까봐 소리를 내지도 못했다. 눈물이 주체할 수 없이 흘러 베개에 수건을 깔았다. 베개에 얼룩이 질 것 같았기 때문이다. 사실 그 수건은 코와 입 주위에 덮고 있던 수건이었다. 너무 건조해서 기관지가 모두 갈라질 것처럼 바삭바삭 말랐고, 때문에 콧물이 쉴새없이 흘렀다. 수건을 덮고 자면 건조한 기관지에 조금이나마 도움이 될 것 같았지만 산소가 부족한 그곳에서 수건까지 덮고 자는 것도 정말 괴로운 일이었다.

그것으로도 부족해서 오한까지 시달렸다. 잠자리에 들기 전에 세 벌의 바지를 껴입었고, 웃옷도 등산용 재킷 안에 가진 옷을 전부 껴입었지만 난방 시설도 없는 실내는 너무 추웠다. 더욱이 침낭까지 부실했으니 오들오들 떨 수밖에. 두통을 누그러뜨려보려는 생각에 더듬더듬 페트병을 찾았다. 실내가 어두웠지만 모두들 잠들어 있어서 손전등을 밝힐 수도 없었다.

배낭 옆에 끼워둔 페트병은 이미 얼어 있었다. 실내 온도를 확인할 수는 없었지만 영하의 기온으로 내려간 것은 분명했다. 사실 어둠 속에서 페트병을 더듬던 나의 손놀림은 이미 정상이 아니었다.

흐르는 눈물을 감당하지 못하고 침낭과 이불을 머리까지 뒤집어쓴 채 소리 없이 통곡했다. 그 와중에도 나는 깜박깜박 정신을 잃고 있었다. 아주 짧은 순간 몽롱함이 찾아오는 동시에 반복해서 정신을 잃고 있었던 것이다. 그것은 졸음운전과 비슷한 느낌이었다. 하지만 나는 그것이 잠드는 것이라고 생각하지 않았다. 그 순간 내가 느낀 것은 죽음의 공포였다. 이렇게 정신을 놓고 편안히 눈을 감으면 모든 고통에서 벗어날 것 같기도 했지만, 그것이 이생의 끈을 놓아버리는 경계와도 같은 것임을 알고 있었다. 그래서 잠들지 않으려고, 어찌해서든 정신을 놓지 않으려고 애를 쓰고 있었다. 너무 고통스럽고 불안해서 건너편 침상에서 자고 있는 Y를 깨우고 싶었다. 그리고 내 옆에서 잠을 청해달라고 말하고 싶었다. 지켜보고 있지 않아도 좋으니 30분에 한 번씩만이라도 나를 흔들어달라고 부탁하고 싶었다. 모든 의지를 상실한 내가 결국은 세상과 연결된 끈을 놓아버리고 편안히 잠들어버리는 일이 없도록 30분에 한 번씩만이라도 나를 흔들어달라고 부탁하고 싶었다. 하지만 나의 고통을 아는지 모르는지 녀석은 조용히 잠들어 있었고 고통은 오로지 혼자만의 것이었다.

너무 힘들어서 약을 찾을 기운도 없었다. 그래도 이대로 눈물만 흘리고 있다가는 내일 아침 다른 세상에 있을 것 같았다. 배낭 안에 있던 작은 손가방을 꺼냈다. 잡다한 물품들과 약품이 들어 있는 손가방이었다. 다른 여행자에게 방해가 될까봐 이불을 뒤집어쓰고 손전등을 밝혔다. 그러나 약을 찾을수가 없었다. 정신은 자꾸만 혼미해졌고 손가락 하나 움직이는 것도 힘든 일이 되어버렸다. 결국 손가방을 바닥에 엎었다. 그렇게 해놓고 약을 찾는 것이 빠를 것 같았다. 바닥에 잡다한 물품들이 쏟아져 나왔지만 진통제는 보이지 않았다. 분명 한두 알 정도가 남아 있다고 생각했는데, 잠들기 전에 먹었던 진통제가 마지막이었던 것이다.

다시 설움이 복받쳤다. 감기약이라도 먹어야겠다고 생각했다. 혹시 조금이나마 도움이 될지도 모르는 일이기 때문이다. 감기약을 입에 넣고 얼어버린 페트병을 흔들어 입에 물었다. 날카롭게 조각난 얼음 조각들이 입안에서 녹았다. 그렇게 언 물을 녹여서 알약을 목구멍으로 넘겼다.

하지만 두통은 사라지지 않았다. 결국 눈물로 흥건하게 젖은 수건을 들고 밖으로 나갔다. 지난밤처럼 밝은 달이 떠 있었다. 손전등 없이도 보이는 길을 따라 꽁꽁 얼어버린 개울가로 갔다. 그곳에 주저앉아 짐승처럼 꺼억꺼억 소리를 내며 울어버렸다. 숙소에서 멀찍이 떨어진 곳이니 다른 여행자를 배려할 필요는 없었다. 수건에 얼굴을 묻고 원 없이 울었다. 숨쉬기도 버거운 곳이었지만 엉엉 소리는 잘도 나왔다. 신기한 일이었다. 그렇게 실컷 울고 나니 두통이 조금은 사라진 느낌이었다.

그렇게 처절한 밤이 가고 날이 밝았다. 간밤의 고통을 알지 못하는 Y와 숙소를 나섰다. 마지막 산행이 시작된 것이다. 아무 생각도 할 수 없었다. 발이 어디로 가는지도 몰랐다. 그냥 앞으로만 걸었다. 머리는 마치 둔기로 정수리를 얻어맞은 것처럼 묵직했다. 그러면서도 걸음을 옮길 때마다 날을 벼린 톱으로 뇌를 썰어내는 것 같은 두통이 이어졌다. 이를 악물었다. 표시 내지 않으려 애를 썼다. 그러나 그게 어디 가능한 일이었겠는가. 숨긴다고 숨겨질 일도 아니었다. Y는 내 뒤에서 걸었다. 내 걸음에 보조를 맞추려는 의도였다.

고락쉽에 도착하기 전 상태는 더욱 나빠졌다. 작은 바위 하나도 오를 수가 없었다. 위험한 한계까지 왔다는 것을 Y도, 나도 직감할 수 있었다. 그리고 우리에게는 더 이상 남은 약도 없었다. 목적지를 불과 몇 시간 남겨놓은 상태였다. 무모할 정도로 도전정신이 강하다고 생각했던 나였지만 이제 포기해야 된다는 것을 깨달았다. 하지만 고지를 코앞에 두고 포기해야 한다는 생각을 하니 그렇게 서러울 수가 없었다.

하지만 그곳이 경계였다. 넘어서는 안 되는 마지막 한계점. 그래서 우리는 이별하기로 했다. 녀석은 위로, 나는 아래로. 그곳에서 우리 둘은 기념사진을 찍은 것으로 기억하는데, 후에 나의 필름 어디에서도 그 사진은 찾을 수가 없었다. 카트만두에서 만나기로 약속하고 녀석과 헤어졌다. 녀석은 우주

인처럼 느린 걸음으로 가물가물 멀어졌다. 녀석의 뒷모습은 다시는 올 수 없는 길을 가는 사람처럼 너무 아린 풍경이었다. 녀석이 사라지기 전 불현 듯 나는 이렇게 소리쳤다.

> **나 여기 어디다 배낭 숨겨두고
> 따라가면 안 될까?**

> **안 돼, 임마! 내려가!**

그렇게 녀석은 언덕을 넘어 사라졌다. 호흡하기도 힘들 정도로 공기가 희박한 그곳에서 나는 얼마나 또 울었던가. 산을 등지고 돌아섰지만 발걸음이 떨어지지 않았다. 진한 코발트블루의 하늘은 유난히 푸르렀다. 아무리 생각해도 이대로 포기할 수는 없었다. 마지막으로 딱 한 번만 더 도전하자고 결심했다. 배낭 없는 맨몸이라면 산을 오를 수 있을 것 같았다. 그러나 배낭을 길바닥에 두고 갈 수는 없었다.

　　나는 길을 벗어나 바위들이 무성한 곳으로 들어갔다. 하지만 배낭을 숨겨둘 만한 곳은 어디에도 없었다. 그나마 조금의 틈이 있는 곳에 배낭을 넣고 돌로 덮기로 했다. 그러나 수박만한 돌 몇 개를 나르다가 주저앉고 말았다. 5,000미터의 고도는 이미 걷는 것도 조심스런 곳이다. 그 상황에서 돌을 나른다는 것은 그야말로 사력을 다하는 일. 그렇게 돌 몇 개를 나르고 났을 때 배낭을 덮기 위해서는 수십 개의 돌로도 부족하다는 것을 알게 되었다. 내가 지금 무슨 짓을 하고 있는 것인지조차 알 수 없을 정도로 정신이 혼미했고 허망하기도 했다. 다시 눈물이 복받쳤다. 나르던 돌을 끌어안고 바닥에 주저앉아 또 서럽게 울고 말았다. 신파도 그런 신파가 없었다. 아마도 나는 그때 온전한 내가 아니었을 것이다.

　　그때 삶이 내게 물었다. 이제 어쩔 것이냐? 산을 내려갈 것이냐, 아니면 위험한 순간이 닥치더라도 다시 한번 더 도전할 것이냐? 바람도 없는 황량한 언덕 너머에 그토록 보고 싶어 했던 에베레스트가 있을 것이다. 선택은 빠를수록 좋았다. 고산병 증세는 시간이 지날수록 점점 심해질 것이기 때문이다. 나의 결정을 기다리기라도 하듯 언덕 위에서 한줄기 바람이 불어왔다.

내 삶에 비겁하지 않기

복장을 든든히 갖추었는데도 기온이 낮아서 추위가 느껴졌다. 무엇보다 면으로 된 장갑 때문에 손이 시렸다. 그렇다고 무턱대고 옷을 두껍게 입을 수도 없었다. 경기가 시작되면 곧 체온이 올라갈 것이기 때문이다. 몸을 풀기 위해 스트레칭을 해보았지만 추위 때문에 오히려 몸이 자꾸만 굳어졌다. 할 수 없이 차 안에서 출발 시간을 기다리기로 했다. 출발 시간이 다가오면서 다시 긴장이 되기 시작했다. 잘 해낼 수 있을까? 부족했던 훈련 시간이 아쉽기만 했다.

출발 전 기념 촬영이 있었고 드디어 7시에 사이렌이 울렸다. 힘차게 폴을 찍으며 앞으로 나아갔다. 다시 기나긴 여정이 시작된 것이다. 한 해 동안 나의 가슴을 뛰게 했던 챌린지컵. 이제 그 마지막 4차전이 시작된 것이다. 맞바람이 얼굴을 스치면서 눈물방울이 눈초리를 타고 흘렀다.

철인3종 경기를 반드시 해야 할 정도로 사는 것이 무료했던 것도 아니고, 자학적인 일에 몰입해야 할 정도로 배출해낼 짐이 많았던 것도 아니다. 그렇다고 제법 비용이 들어가는 취미 하나쯤 즐길 수 있을 정도로 생활에 여유가 생겼던 것은 더욱 아니다. 왜 뛰느냐고, 왜 뛰었느냐고 묻는다면 그저 도전하고 싶었다는 이야기 이외에는 할 말이 없다. 운동신경 못지않게 체력과 정신력이 중요한 비중을 차지하는 철인3종 경기는 나에게 잘 어울리는 운동이었다. 운동을 하면서 같은 몸무게라고 해도 체형이 변했고, 무엇보다 운동으로 끝나는 것이 아니라 대회에 참가해 기량을 확인해볼 수 있다는 것이 큰 매력 중 하나였다.

다행히 나는 대회에 나갈 때마다 중상위권 이상의 기록으로 완주할 수 있었다. 그러던 어느 날 챌린지컵에 대한 신문기사를 보았다. 극한에 도전하는 경기는 철인3종이 마지막인줄 알았던 나에게 적지 않은 충격이었다. 봄, 여름, 가을, 겨울에 각각 24시간 마라톤과 철인3종 경기, 100킬로미터 아웃리거 카누, 100킬로미터 크로스컨트리 스키를 모두 통과해야 하는 챌린지컵은 종목이 다양해서 그나마 철인3종을 즐기는 선수가 아니면 도전이 불가능해

보였다. 호기심과 도전정신에 자극을 받은 나는 겁도 없이 신청서를 작성했다. 챌린지컵 도전은 그렇게 시작되었다.

그러나 의외로 나는 1차전과 2차전에서 1위를 할 수 있었다. 완주가 아니라 내친김에 종합우승을 꿈꾸기 시작했다. 결국 3차전에서도 1위를 하면서 마지막 4차전은 순위에 상관없이 완주만 하면 종합 우승을 확정지을 수 있었다. 그래도 우승이 확정되었다고 해서 안이한 경기를 하고 싶지는 않았다. 어설프게 준비했음에도 남들의 기량이 부족해서 1위를 차지하는 것보다는, 꼴찌를 하더라도 최선을 다한 결과라면 그것이 더 의미 있고 자랑스럽다고 생각했다.

대회가 열리기 1주일 전 짐을 챙겨 용평으로 내려갔다. 1주일간 빌린 원룸 아파트에 짐을 풀고 곧바로 훈련을 시작했다. 정식 크로스컨트리 경기장은 동계올림픽 유치를 위해 국제 규격으로 공사 중이었고, 임시로 대관령으로 향하는 옛길 근처 임야에 약 2.5킬로미터 구간의 훈련장이 설치되어 있었다. 훈련장은 각지에서 전지훈련을 온 학생들로 제법 북적였다.

각오하고 있었음에도 훈련이 만만치 않았다. 10여 년 전 스키를 제법 탔던 경험 하나만 믿고 있었는데, 노르딕 스키는 알파인 스키와는 달라도 너무 달랐다. 그나마도 10여 년 전 경험이니 현실은 매우 막막하고 참담했다. 종목이 대중적이지 않아 장비 대여는 물론이고 강습을 해주는 곳도 없었다. 다행히 장비는 전년도 출전자의 것을 빌릴 수 있었지만 훈련에는 한계가 있었다. 전지훈련을 온 어린 선수들을 보며 따라해봤지만 노르딕 스키를 신고 가파른 언덕을 오르는 것은 아예 불가능했다. 넘어지고 미끄러지고 앞으로 꼬꾸라져 결국 턱까지 깨먹었다.

그래도 죽으란 법은 없는 모양이었다. 첫날 훈련 후 거의 절망에 빠져서 경기 참가 자체가 불가능할 것이라고 생각했는데 다음 날은 몸이 좀 더 풀리는 느낌이었고, 그 다음 날은 좀 더 자연스러워졌다. 물론 오로지 초보자를 기준으로 한 이야기였고, 학생 선수들에 비하면 도저히 부끄러워서 함께 훈련한다는 게 민망할 정도였다. 그래도 다른 시선을 의식할 여유가 있다면 차라리 그 시간에 한 번이라도 더 타야 했다. 다부진 마음으로 꿋꿋하게 훈련에 임했다. 결국 시간이 문제지 완주는 가능할 것이라는 희망 하나만 얻은 채 경기 당일이 되었다.

코스는 대략 1킬로미터 구간을 100여 회 순환하게 되어 있었다. 훈련할 때의 기록은 8분에 가까웠는데, 그래도 대회는 대회였는지 첫 바퀴가 7분 12초였고 두 번째 바퀴 역시 비슷한 기록이었다. 이후 비슷한 속도를 유지하며 경기가 진행되었다. 다섯 번째 바퀴를 돌았을 때 다른 선수들을 한 바퀴 추월할 수 있었다. 비교적 출발이 순조로웠다.

오전 9시가 되어가자 훈련을 위해 학생들이 도착하기 시작했고, 경기장을 역으로 돌던 우리는 시계 방향으로 방향을 전환했다. 오후 늦게까지 이 방향을 유지하다가 훈련을 마치고 학생들이 돌아가면 다시 시계 반대 방향으로 전환해서 경기를 마칠 때까지 진행할 예정이었다. 그것은 짧은 거리를 100여 회나 돌아야 하는 지루함을 조금이라도 줄여보기 위함이었다.

학생 선수들이 우리들에게 파이팅을 외쳐주었다. 나이는 어려도 실력은 우리와 비교될 수 없는 그들의 응원이 기쁘고 고마웠지만, 솔직히 민망한 마음은 어쩔 수 없었다. 그래도 100킬로미터라는 거리는 그들에게조차 엄두가 나지 않는 거리임에는 틀림없었다. 우리들의 배번에 적힌 '100KM'라는 글귀를 보면서 믿을 수 없다는 표정들이었다.

오전 11시, 조금 이른 점심을 먹었다. 햇반에 김치와 김자반이 전부였지만 지친 우리에게는 진수성찬이 부럽지 않았다. 그래도 달리기와는 다르게 신체 충격이 거의 없어서 관절의 부담은 적었다. 결국 크로스컨트리 경기는 기술과 체력 싸움이었지만 우리들에게 기술이라고 할 만한 것은 존재하지 않았기 때문에 오로지 체력 싸움이라고 봐도 크게 틀린 말은 아니었다.

점심식사 후 갑자기 경쟁이 붙어 엄청난 스피드를 내기 시작했다. 사실 그 경쟁은 서로의 자존심이 걸린 문제였다. 서로 간에 장비를 교체했기 때문이다. 나와 장비를 교체한 선수는 장비를 교체하고도 나에게 추월당하면 더 이상 장비 탓을 할 수 없는 상황이었고, 나 역시 장비를 교체한 뒤 그를 추월하는 속도가 늦어진다면 앞서 이루어진 추월들이 모두 장비 덕분이었다는 결론에 도달하게 되기 때문이다. 우리는 그야말로 불꽃 튀기는 레이스를 계속했다. 구간 기록들을 확인할 겨를도 없이 그야말로 쫓고 쫓기는 레이스가 계속되었던 것이다. 그리고 실제로 장비를 교체한 뒤에는 다른 선수를 추월하는 속도가 현격하게 늦어졌기에 초반에 장비 덕을 봤다는 것을 인정할 수밖에 없었다.

아무튼 그 경쟁 덕분에 우리의 레이스는 굉장한 스피드를 유지했고 경기를 시작한 지 6시간이 조금 넘은 시간인 오후 1시 10분 무렵 약 50킬로미터의 거리를 돌파할 수 있었다. 점심 먹었던 시간을 계산하면 초반보다 오히려 후반의 속도가 훨씬 빨라진 것이다. 하지만 그 속도는 계속 유지되지 못했다. 빨라진 속도만큼 몸도 지쳐갔다. 어느 순간부터는 집중력도 약해지면서 구간 기록은 고사하고 멍한 상태에서 그저 '돌고, 돌고, 돌고' 머릿속에는 그 생각뿐이었다.

그러던 어느 순간이었다. 멀리에서 하얀 차량 한 대가 경기장 쪽으로 들어서는 것이 보였다. 너무 지쳐 있던 나는 그 차량을 보는 순간 왈칵 눈물을 흘릴 뻔했다. 마치 낯선 동네에서 나쁜 친구에게 위협을 당하던 아이가 당당하게 잘 버티다가도 갑자기 응원군으로 엄마가 나타나자 참았던 눈물을 왈칵 흘려버리는 경우와 비슷했다. 나는 경기를 잘하고 있었지만 실제로는 많이 지쳐 있었고, 그 차량은 나를 응원하기 위해 서울에서 찾아온 운동 선배였던 것이다.

나의 레이스는 다시 탄력을 받았다. 선배와 형수는 추운 눈밭 위에서 부스터까지 이용해 따끈한 꿀물과 커피를 수시로 끓여주었고, 먹기 좋은 크기로 썬 각종 과일도 언제든 제공해주었다. 하지만 선배와 형수가 제공해준 보급식은 나보다 다른 선수들이 더 많은 혜택을 보았다. 선배에게서 "너 먹으라고 가져온 보급식을 다른 사람이 다 먹는다"는 투정 아닌 투정이 나올 정도였다.

경기가 후반으로 접어들면서 다행히 선수들은 더 많은 농담을 주고받으며 서로를 격려해나갔다. 사용하지 않던 근육들을 장시간 사용하면서 몇 년간 운동하면서도 느껴보지 못했던 부위들이 경직되어 갔지만 그래도 우리들은 잘 이겨내고 있었다. 학생들도 돌아가고 다시 코스를 역방향으로 돌기 시작했다. 이내 날도 어두워졌고 선수의 위치를 확인하기 위해서 반짝이는 조명등을 손목에 차야 했다. 체크 포인트에 설치된 온도계는 영하 4도. 그러나 하루 종일 불어대는 바람 때문에 체감온도는 훨씬 낮았다. 그리고 맞바람은 내리막에서조차 폴을 사용하지 않으면 속도가 나지 않을 정도로 우리를 힘겹게 만들었다.

이윽고 출발한지 12시간이 지난 저녁 7시, 나는 100회전을 채웠다. 이제 모자라는 거리를 위해 3바퀴만 더 돌면 되었다. 마지막 남은 힘을 다해 플레이트를 밀고 폴을 찍었다. 지난 1년 동안 있었던 대회들이 주마등처럼 스쳐갔다. 모든 경기를 잘해낸 자신이 대견했다.

그날 나는 다른 선수보다 두세 시간을 앞선 12시간 30분 24초의 기록으로 경기를 마쳤다. 그렇게 1년 동안 이어진 챌린지컵은 끝이 났다. 성탄절 아침, 여러 조간신문에 챌린지컵 기사가 실렸다. 챌린지컵 우승자라는 타이틀과 함께 '철인 중의 철인'이란 수식어들이 따라다녔다.

그러나 이제 와서 생각해보면 나는 결코 철인 중의 철인은 아니다. 지금 당장이라도 대회에 나가면 나보다 뛰어난 기록으로 완주할 수 있는 사람들이 내 주변에만 해도 부지기수기 때문이다. 하지만 나는 여전히 내 자신이 대견하다. 모두들 자신들이 경험하지 못한 종목 때문에 주저하고 있을 때 나에게

는 과감하게 신청서를 작성했던 도전정신이 있었기 때문이다. 철인3종 경기를 시작했을 때처럼.

모든 사람이 철인3종 경기를 즐겨야 할 필요는 없다. 그러나 나는, 혹시 꿈이 있으면서도 주저하는 사람이 있다면 그것이 무엇이든 당장 도전해보라고 권할 수 있게 되었다. 세상에 이루지 못할 꿈은 없다는 것을 깨달았기 때문이다. 그리고 정당한 이유 없이 꿈을 미루는 것은 비겁한 일이다. 챌린지컵은 내게 그런 도전정신의 가치를 다시 한번 일깨워주었다. 그런 깨달음은 일상에도 영향을 미쳤고, 나는 좀 더 많은 자신감들을 갖게 되었다. 그래서 약해질 때마다 나는 챌린지컵을 다시 한번 생각하게 될 것이다. 그 기억이 닳고 닳아서 흐려질 때까지.

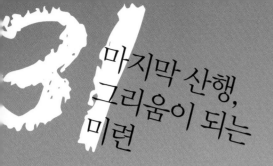

31 마지막 산행, 그리움이 되는 미련

나는 운동에 적합한 체형이 아니다. 다부진 체형이기는 하지만 166센티 미터도 되지 않는 단신이며, 고백하기 싫은 이야기지만 다리의 길이는 같은 키의 남자보다 한참 짧다. 그래서 한 벌로 된 트레이닝복의 경우 하의가 맞지 않는 게 대부분이다. 중고 사이클을 고를 때도 매우 곤혹스럽다. 나에게 맞는 사이즈가 쉽게 나오지도 않지만, 신체의 비율에서 하체가 지나치게 짧아서 세팅에 애를 먹기 때문이다.

이미 밝힌 이야기지만 처음 철인3종 경기에 입문할 때 내가 할 줄 아는 운동은 아무것도 없었다. 수영은 말할 것도 없고, 달리기는 고등학교 운동회 때 이후 해본 적도 없었다. 자전거를 가져봤던 것도 중학교 시절이 마지막이 었다.

하지만 꿈이 있었기에 겁이 없었다. 도전해보고 싶었다. 그것 이외에 다른 이유는 없었다. 수영장과 헬스장을 동시에 등록했고, 운동 시작 6개월 만에 첫 대회에 나가서 무사히 완주할 수 있었다. 꿈은 나를 성장시켰고 힘든 일이 있어도 즐겁게 운동할 수 있었다. 철인3종 경기를 통해서 나는 그것을 배웠다. 자신이 하고 싶은 일, 그것이 인생을 즐겁게 만든다는 것.

에베레스트 트레킹도 마찬가지였다. 시작은 Y 때문이었지만 나는 스스로 목표를 정하고 그 목표를 향해 차근차근 다가갈 수 있었다. 뜻하지 않은 고산병 때문에 많은 고생을 하고 있었지만 이것은 누구의 강요에 의해 시작한 일이 아니었다. 딱 한 번만이라도 세상에서 가장 높은 에베레스트를 가까이서 보고 싶었다. 그 후로는 산을 잊을 생각이었다.

여행과 등산은 다른 것이다. 운동도 다른 것이어서 내가 다시 에베레스트를 찾을지는 알 수 없는 일이다. 등산을 여행과 철인3종 경기만큼 좋아하는 것은 아니기 때문이다. 어쩌면 '딱 한 번'이라는 전제가 나를 지금 이곳에 있게 만들었는지도 모르겠다. 이대로 포기할 수는 없다는 비장함 같은 것 말이다.

다행인지는 알 수 없지만, 이상하게도 서럽게 울고 나면 두통이 조금은 사라지는 것 같았다. 나는 돌무더기로 덮으려던 배낭을 다시 짊어졌다. 그리고 천천히 걷기 시작했다. 죽더라도 산을 오르자고 이를 악물었다. 어느 정도의 시간이 흘렀는지는 모르겠다. 칼라파타와 베이스캠프의 갈림길에 위치한 마지막 쉼터 고락쉽에 도착할 수 있었다. 고락쉽은 달랑 집 한 채가 있는 곳이었다. 혹시나 Y가 휴식을 취하고 있지 않을까 기대했지만 녀석은 이미 떠나고 없었다.

힘겨웠지만 나 역시 지체할 수 없었다. 증세가 더 심해지기 전에 서둘러서 칼라파타에 올랐다가 최대한 빨리 산을 내려가야 했다. 이미 에베레스트 베이스캠프는 포기했다. 둘 중 한 곳만 가야 한다면 당연히 칼라파타였다. 배낭을 그곳에 맡기고 칼라파타를 오르기 시작했다. 칼라파타는 매우 가파른 경사였다. 평지를 걷는 것도 힘든 상황에서 그토록 가파른 경사를 오른다는 것은 내게 불가능에 가까웠다. 그래도 한 걸음 한 걸음, 걸음을 옮겼다.

이미 정상을 정복하고 하산하는 몇몇 트레커들이 있었다. 한 여인은 무서운 속도로 산을 뛰어 내려갔다. 스스로 위험한 증세를 감지한 것이 분명했다. 그중 어떤 여행자가 나를 지나쳐 내려가다가 다시 올라와서는 나를 불렀다. 금발의 서양 청년이었다. 그는 나의 안부를 물었다.

"저기, 괜찮은가요?"

"예?"

" 당신 안색이 안 좋아요. 위험해 보여서요. "

274

나의 상태를 심상치 않게 본 것이다. 그렇다고 하더라도 내려가던 길을 다시 올라온다는 것은 대단한 의지였다. 고마운 친구였다. 괜찮다는 나의 대답에도 불구하고 그는 몇 번이고 나의 몸 상태를 물었다. 그리고는 만약 이상한 징후가 느껴지면 모든 것을 포기하고 빠르게 산을 내려가라고 당부했다. 걱정스런 눈빛이었고, 마치 다짐이라도 받으려는 사람 같았다. 그가 내려간 뒤 잠시 앉아서 쉬기로 했다. 고도계를 확인하니 약 5,300미터였다. 칼라파타 정상은 5,545미터. 이제 고지를 250여 미터 남겨둔 것이다.

고개를 들었다. 이미 에베레스트는 어깨를 나란히 한 다른 고봉 사이에서 도도하게 빛나고 있었다. 세상의 정상. 아! 저것을 보기 위해 이토록 힘겨운 길을 왔구나! 그때처럼 희열을 느낀 일도 드물 것이다. 사람들은 그곳에 오르기 위해 무던히도 애썼고 그중 여럿은 다시는 돌아오지 못했다. 무엇이 그들에게 산을 향하도록 만들었고 산으로 갔던 사람들은 어디에서 그 용기들을 얻은 것일까. 에베레스트와 나는 파란 허공을 두고 묘하게 교감하고 있었다. 마치 오늘을 기다리며 몇 억 겁을 기다려온 친구와의 조우 같기도 했다. 그래서 할 수만 있다면 달려가서 와락 껴안고 싶었다. 그러고는 "너 보기

위해 내가 얼마나 고생했는지 알아?" 그렇게 우정 어린 투정도 부려보고 싶었다.

그러나 그곳에서 나는 이상한 징후를 느끼기 시작했다. 어느 순간 그토록 고통스럽던 두통이 사라진 것이다. 그리고 몽롱한 상태에 이르렀다. 모든 고통에서 벗어난 듯한 해방감과 함께, 세상이 좌우로 조금씩 돌고 있는 것 같았다. 약간의 쾌감도 있었고 조금 나른해서 잠시 누워 잠을 자고 싶기도 했다. 이대로 누우면 모든 것이 편안해질 것 같았다. 누군가 잠시 눈을 붙이라고 속삭이는 것 같기도 했다.

그때 어느 한쪽에서 누군가 나를 흔들었다. 그는 나를 설득하기 위해 소리쳤다. 이대로 누우면 다시는 깨어나지 못한다고, 그것이 마지막이라고 외쳤다. 정신 차리고 빨리 산을 내려가라고 했다. 며칠 동안 이어진 고통이 순식간에 사라진 것은 다행한 일이 아니라, 오히려 매우 불길한 징조임을 일깨우기 위해 나를 흔들고 있었다. 그것은 나의 내면에 있는 또 다른 나였다. 다행히 어느 순간 정신이 들었다. 매우 위험한 상황임을 깨닫는 순간, 남은 250미터는 미련조차 없었다.

서둘러 고락쉽으로 내려온 뒤, 배낭을 찾아 허겁지겁 하산을 시작했다. 오로지 살기 위해서였다. 고산병에는 고도를 낮추는 것이 최선의 방법이기 때문이다. 고락쉽에서 카메라를 배낭 안에 넣으려는 순간에도 나는 환상에 시달렸다. 가게 안에 있던 몇몇 트레커들이 모두 나를 보며 웃는 것 같았다. 그들의 모습이 몇 겹으로 겹쳐지기도 했고, 나의 손은 거리감을 느낄 수 없었다. 배낭을 풀기 위해 손을 내밀었지만 끈이 잡히지 않았다. 한손으로 붙들고 있는 배낭조차 거리를 가늠하지 못하고 나의 다른 손은 자꾸만 허공을 맴돌았다.

고락쉽을 떠났지만 위험은 여전했다. 에베레스트 트레킹이 위험한 것은 완만한 경사다. 초반에는 하루에도 몇 개의 산을 넘어야 하지만, 에베레스트 직전부터는 하루를 걸어도 고도가 크게 떨어지지 않는다.

나는 무슨 정신으로 산을 내려왔는지 기억이 없다. 오로지 이대로 산중에서 쓰러진다면 인적 드문 히말라야에서 아무도 나를 돌봐주지 못한다는 점만 기억했다. 다행히 고도를 낮추면서 정신은 조금씩 돌아오기 시작했다. 하지만 고산병에서 내가 완전히 벗어난 것은 그로부터 사흘 뒤였다.

그렇게 산은 내게서 멀어졌다. 그토록 고생하며 올랐던 산이지만 끝내 목표에는 도달하지 못했다. 하지만 나는 실패했다고 생각하지 않는다. 두통과 나의 심장이 한계를 넘어설 정도로 최선을 다했기 때문이다. 그리고 그곳에서 발길을 돌리는 것이 자연에 순응하는 길이었다.

산을 내려오며 내 인생에서 다시는 산은 없을 거라고 다짐했다. 카트만두에 도착해서도 진절머리가 나서 에베레스트 쪽은 눈길조차도 주지 않았다.

그러나 사람은 간사한 동물이다. 불과 몇 개월도 지나지 않아서 자꾸만 에베레스트가 보고 싶어졌고 다 오르지 못했던 250미터가 그리워지기 시작했다.

몇 년이 지난 지금까지 나는 네팔에 다시 가지 못했다. 물론 네팔에 다시 간다고 해도 20일 가까이 소요되는 에베레스트 트레킹을 다시 떠나게 될지는 의문이다. 하지만 그때 오르지 못한 250미터는 언제나 애틋한 그리움으로 남아 있다. 가슴에 남는 미련이 때로는 그렇게 그리움이 되는 모양이다.

15년, 혹은 그 이전일지도 모르겠다. 일본의 탐험가 우에무라 나오미가 쓴 《안나여, 저게 코츠뷰의 불빛이다》라는 책을 읽은 적이 있다. 책은 1974년, 12,000킬로미터 북극권을 오로지 개썰매 하나에 의지해 1년 반 동안 단독 탐험한 내용이었다. 안나는 1년 반에 걸친 외로운 대장정 속에서 그의 썰매를 이끌었던 우두머리 개의 이름이고, 코츠뷰는 그의 마지막 도착지였다. 기나긴 여정을 마치고 최종 목적지 코츠뷰에 다다르면서, 자신의 썰매를 이끌었던 안나에게 저 불빛이 바로 우리의 목적지 코츠뷰의 불빛이라고 이야기하는 제목에서 그 책이 가진 의미의 반을 찾을 수 있었다.

　감히 비교할 수는 없겠지만 2006년 여름, 폭우 속에서도 철인3종 경기를 완주하면서 어둠 속에서 코츠뷰의 불빛을 발견했던 나오미의 감동을 조금은 이해할 수 있었다. 그때 나 역시 스스로에게 그렇게 외쳤다. '저기 화려한 불빛이 바로 우리의 결승점이다!'라고. 그리고 그런 생각을 했다. 우리는 왜 이런 길을 가고 있는 것일까. 어찌보면 고난과도 같은 이 길을 왜 우리는 기꺼이 가려하는 것일까. 그러나 우리 중에 과연 누가 그 질문에 명쾌하게 답을 할 수 있겠는가.

골인 후 나는 내 발로 찾아가서 링거 주사를 맞았다. 나는 거의 탈진 상태였고 체온을 확인한 의료진은 내게 저체온증이라고 말했다. 그들은 나에게 은박지를 닮은 보온용 덮개를 덮어주었다. 링거 주사를 맞은 뒤 수프를 두 그릇 정도 먹고 나니 기운이 살아나기 시작했다. 젖은 신발과 양말을 벗어보니 퉁퉁 부은 발바닥은 여러 곳에 물집이 잡혀 있었다.

잠시 뒤 골인 지점에서 절규하는 듯한 함성이 들려왔다. 난 그 함성만으로도 누가 골인하는지 짐작할 수 있었다. 주로에서 보았던 휠체어 선수였다. 휠체어를 탄 선수는 골인 후 하필이면(?) 내가 쉬고 있던 곳 바로 앞으로 이동해왔다. 그의 주변에는 수십 명의 축하 인파로 인산인해를 이루었다. 벗어 놓은 내 신발이 짓밟힐 지경이었다. 나는 그 인파들 사이로 가끔씩 보이는 그의 모습을 보았다. 그는 모든 손가락에 반창고를 칭칭 감고 있었다. 그리고 그의 목에는 나처럼 완주메달이 걸려 있었다. 하지만 나는 그 메달보다는 함께 걸려 있는 다른 물건에 시선이 멈추었다. 보일 듯 말듯 메달 뒤에 숨어 있던 물건은 다름 아닌 호루라기였다.

두 발로 달리는 다른 선수와 달리 주로에서 방향 전환이 쉽지 않은 그에게 호루라기는 필수품이었던 것이다. 입이 터지도록 호루라기를 불어대며 휠체어를 돌렸을 그의 모습을 상상하는 것만으로도 가슴이 벅차올랐다. 때마침 어두운 하늘에서는 멈췄던 폭우가 다시 쏟아졌다. 우리는 빗줄기를 피해 좀 더 가깝게 밀착해 있어야 했다. 그때 그가 나의 미소를 보았는지는 모르겠다. 나는 많은 인파 속에 묻혀 있는 그를 보면서 작은 미소를 지어주었다. 만약 그가 나의 미소를 보았다면 그는 내 미소의 의미를 충분히 이해했을 것이다. 우리는 그 긴 거리를 완주한 동지들이기 때문이다.

그날, 골인하는 순간 잠시 어색한 시선으로 주변을 둘러보았다. 혹시 나의 이름을 불러주는 동료가 있을지도 모른다는 기대 때문이었다. 그 어느 때보다 나의 완주를 축하받고 싶었다. 그러나 그 누구도 나의 완주를 지켜봐 주지 않았다. 골인 직전 누군가 클럽 깃발을 건네주지 않을까 기대도 했지만 그런 일도 없었다. 만약 그랬다면 나는 자랑스럽게 깃발을 흔들며 골인했을 것이다. 하지만 뒤이어 골인하는 선수들에게 밀려 쓸쓸하게 결승점을 떠나야 했다.

물론 하나도 서글프지 않았다. 그리고 오늘 철인3종 경기를 가장 만끽한 사람은 바로 나라고 생각했다. 그토록 힘겨운 레이스 속에서 결코 포기하지 않고 결승점을 밟았지만 나는 수많은 완주자들 중 한 명일 뿐이었다. 완주란 것이 온 세상이 환호라도 해줄 엄청난 사건은 아니다. 이곳에서는 그저 평범한 일상 중 하나에 불과한 것이다. 그 누구의 축하도 받지 못하고 무대 뒤로 쓸쓸히 걸어나갈 수밖에 없는 그 순간, 나는 외로움의 깊이를 가장 깊게 절감했고, 외로움의 깊이가 인생의 깊이와 매우 밀접한 상관관계를 갖고 있다는 것을 깨달을 수 있었다. 결국 사는 것이 이렇구나. 그렇게 죽자사자 달려보았지만 달랑 완주 메달 하나 목에 걸리고 사라지는 것이 인생이구나.

그렇다고 스스로를 불행하다고 여기거나 낙심하지는 않았다. 그 긴 거리를 달려온 사람들에게 사연과 핑계는 차고 넘치는 일이다. 편하게 완주한 사람은 단 한 사람도 없을 것이기 때문이다. 우리 모두는 힘겹게 완주했고, 그들 혹은 나에게 어떤 일이 있어났든 우리의 완주는 모두 의미 있는 것이다. 비록 남에게는 주목받지 못해도 자신이 목표했던 것들을 이루어나간다는 것이 얼마나 소중한 것인지 알게 되었으니 그것으로 충분했다. 자신의 성취가 꼭 남들에게까지 의미 있는 것은 아니라는 것도 받아들이게 되었고, 자신이 품고 있는 꿈을 하나하나 이루어나가지만 그 꿈이 누구에게나 꿈이 되는 것은 아니란 것도 알게 되었다.

우주 안에서 나는 아주 작은 존재라는 것은 깨달았지만, 주목 받지 못하는 작은 꿈들을 혼자서 이루어나가는 것이 얼마나 소중한지 알게 된다는 것. 그날 나는 누구의 축하도 받지 못하고 무대 뒤로 걸어나가면서 그 미묘한 깨달음을 얻게 되었다.

Y는 나보다 나흘 늦게 카트만두로 돌아왔다. 나는 루크나에서 비행기를 이용했지만 녀석은 끝내 지리까지 걸어가서 버스를 타고 카트만두로 돌아온 것이다. 그리고 애초의 계획대로 에베레스트와 칼라파타를 모두 밟고 돌아왔다. 독한 녀석이다.

트레킹 끝나고 나는 티베트로 떠났고, 녀석은 아직도 만족할 수 없다는 듯 또 다른 히말라야 무스탕으로 떠났다. 우리는 카트만두로 먼저 돌아오는 사람이 메일을 보내기로 했다. 우리가 헤어지는 날 아침, 녀석은 국경으로 향하는 나의 버스가 떠나기를 기다리며 버스 밖에서 한참을 서 있었다. 녀석도 무스탕으로 가기 위해 포카라행 버스를 타야 했던 날이다. 버스 출발이 지연되고 있으니 먼저 떠나라고 해도 한사코 내가 가는 모습을 보겠다고 우겨댔다. 여전히 그의 배낭은 가벼웠다. 하지만 어깨를 움츠린 채 바지주머니에 양손을 찔러넣고 서 있던 그날의 모습이 내가 본 녀석의 마지막 모습이다.

그렇게 무스탕으로 떠난 녀석은 다시는 돌아오지 않았다. 내가 티베트에서 돌아온 뒤에도, 다시 한 달간의 인도 여행을 마치고 돌아온 뒤에도 녀석은 내가 보낸 메일을 확인하지 않았다. 믿고 싶지 않았지만 이후 녀석은 행방불명되었다. 서울에 있는 그의 가족에게 연락을 취했고, 결국 관계기관을 통해 수사가 시작되었지만 녀석의 출국 기록은 어디에서도 찾을 수 없었다.

사실 에베레스트로 떠날 때만 해도 녀석의 입에서 무스탕에 관한 이야기는 나오지 않았다. 무스탕이 애초의 계획에 포함되어 있었는지, 아니면 에베레스트 트레킹 중에 새롭게 세운 계획인지는 알 수 없는 일이다. 하지만 내가 무스탕 이야기를 처음 들은 것은 녀석이 카트만두로 돌아온 뒤였다. 내 기억은 그렇다. 문제는 녀석의 무스탕 트레킹 계획이 조금은 무모했다는 점이다. 무스탕은 법적으로 가이드를 대동하지 않고는 들어갈 수 없는 구역이다. 트레킹 기간에 따라 국가에 지불해야 하는 비용도 적지 않다. 즉 무스탕은 여느 트레킹과 다르게 제법 많은 비용이 들어가는 곳이었다.

하지만 녀석은 가이드도 없이 그곳을 가겠다고 했다. 그것은 불법을 의미했다. 그리고 카트만두에서 추가로 준비한 장비는 매트리스 달랑 하나였다. 녀석은 침낭과 등반용 매트리스를 이용해 비박을 하겠다고 했다. 물론 그의 침낭은 매우 훌륭한 제품이었다. 하지만 그때는 이미 12월이었다. 녀석의 무모한 계획 때문에 우리는 적지 않게 싸웠다. 나는 위험한 그의 트레킹을 말렸고, 녀석은 자신의 의지를 굽히지 않았다. 너무 화가 나서 이렇게 말하기도 했다. "차라리 말이나 말고 가던지, 왜 사람을 걱정하게 만들어?" 녀석이 실제 무스탕으로 갔는지는 알 수 없는 일이다. 무스탕으로 가기 위해 포카라로 떠나기는 했지만 이후의 행적은 누구도 알지 못하기 때문이다. 하지만 며칠 뒤, 나는 티베트에서 아주 불길한 소식을 들었다. 히말라야에 엄청난 폭설이 내렸다는 뉴스였다.

서울로 돌아온 뒤, 그의 형제를 만났지만 내가 할 수 있는 일은 아무것도 없었다. 이렇게 우리 모두를 애닳게 하고는 불현듯 나타나 미안하다고 말해 주기를 바랐지만 녀석은 끝내 돌아오지 않았다. 한참의 시간이 지나고 녀석의 어머니에게 전화가 걸려왔다. 어머니는 만나보지도 못한 나와 통화하며 흐느끼기 시작했다. 솔직히 고백하자면, 그 울음이 오열로 변해갈 때 어쩌면 나에게서도 녀석이 돌아오리란 희망이 식어갔는지도 모르겠다.

하지만 나는 울지 않았다. 녀석이 꼭 돌아올 것이라고 믿었기 때문이다. 그래야만 했다. 그래야 내가 그 트레킹에서 얼마나 고생했는지 증인이 되어 줄 수 있었다. 돌아와서 내가 사람들에게 자랑처럼 트레킹의 무용담을 떠벌릴 때 맞는 말이라고 손뼉을 쳐주어야 했다. 녀석이 돌아오지 않으면 내 트레킹의 증인도 없는 것이다.

많은 시간이 지났다. 나는 아직도 트레킹 중에 찍었던 녀석의 사진을 간직하고 있다. 어쩌면 녀석이 세상에 남긴 가장 마지막 흔적일지 모른다. 트레킹 중에 만났던 사람들 대부분은 녀석을 현지인으로 생각했다. 산에 살던 사

람들이 뜬금없이 네팔어로 말을 건넸을 정도였다. 내가 보아도 녀석의 수염과 검은 얼굴은 히말라야와 잘 어울리는 모습이다. 마치 오래 전부터 그곳에서 살았던 사람처럼.

　많은 사람이 히말라야에서 돌아오지 못했다. 녀석도 그중 하나다. 하지만 우리 모두는 어차피 돌아오지 못할 길을 한 번은 가게 되어 있다. 그것이 언제일지, 어느 곳이 될지는 누구도 알지 못한다. 우리가 걸어가는 길의 어느 길목에서 홀연히 닥칠 수도 있고, 서서히 침착하게 그날을 맞이할 수도 있을 것이다. 하지만 그보다 중요한 것은 우리 모두는 오늘을 살아가는 사람들이란 사실이다. 그래서 삶은 살아 있는 자의 몫이다. 낭비하지 않고 오늘을 살면 그것으로 충분한 것이다.